GWREICHION

GWYNNE WILLIAMS

1991

Argraffiad Cyntaf — *Rhagfyr 1973*

Ail Argraffiad — *Tachwedd 1980*

Trydydd Argraffiad — *Mai 1991*

ISBN 0 85088 231 1

©Gwynne Williams

Cedwir pob hawl. Ni chaniateir atgynhyrchu unrhyw ran o'r cyhoeddiad hwn na'i gadw mewn cyfundrefn adferadwy na'i drosglwyddo mewn unrhyw ddull na thrwy unrhyw gyfrwng electronig, electrostatig, tâp magnetig, mecanyddol, ffotogopïo, recordio, nac fel arall, heb ganiatâd ymlaen llaw gan y cyhoeddwyr, Gwasg Gomer, Llandysul.

Argraffwyd yng Ngwasg Gomer, Llandysul

ER COF
AM
FY NHAD

Rydw i'n ddyledus i Gyd-bwyllgor Addysg Cymru am nawddogi cyhoeddi'r llyfr ac am y gwasanaeth parod a roddwyd i mi i gael y llyfr i'r wasg. Carwn ddiolch i Wasg Gomer am gyhoeddi'r llyfr mor lân a graenus.

G.W.

CYNNWYS

CYSGODION   *tud.*

Gwreichion	12
Clychau	12
Yn y Nos	14
Pwll Bach o Ddŵr	15
Y Bin Sbwriel	15
Y Rhaeadr	16
Aderyn Du Gwyn	17
Y Ceiliog	17
Tw-whit, tw-hw	17
Melon y Môr	18
Cân y Corryn	18
Yn y Niwl	18
Twll yn y Ffordd	19
Yr Hen Dŷ	19
Yr Hen Gar Coch	20
Hen Wifrau Plwm	21
Trên Sbrydion	22
Malwen y Nos	25
Y Llygoden Hud	27
Syrcas y Tân	28
Alpha ac Omega	30
Stori Stori	30
Afalau'r Gerdd	31
Nadolig	31

TASGAU

Afal	38
Mynd yn ôl	39
Drwy'r Ffenestr	41
Rhifyddeg	41
Euogrwydd	42

Torri'r Ffenest	44
Yr Enw	45
Mewn Arholiad	47
Wedi'r Arholiad	49

GWYLIAU

Dydd Sadwrn	52
Y Ci Bach Gwyn	53
Y Gêm	53
Amser Te	55
Yr Haf Diwethaf	55
Yr Achub	56
Fy Mraich	59
Y Goeden Afalau	61
Beic Newydd	62
Seren	63
Y Bwli	65
Y Llygoden Fach	66
Colomen	67

DEWCH AM DRO

Datguddiad	72
Y Glöyn Bach Gwyn	72
Y Glöyn Marw	73
Y Dail	74
Deilen	74
Hydref	75
Y Wiwer	75
Y Pistyll	76
Môr Ifanc	77
Curyll y Gwynt	78
Y Gylfinir	78

Ehedydd	79
Tylluan	79
Glas y Dorlan	79
Glendid	80
Hwyaid Gwyllt	80
Gwyddau	80
Slumyn	80
Y Gath Wen	81
Hwch	82
Mul	82
Ceffyl	83
Y Meirch	83
Defaid	85
Hwyaden	85
Llwynog	86
Gwenci yng Ngolau'r Car	87
Cywion y Fa wen	88
Gwe	88
Nos Galan	90
Ceiliog y Dolig	92
Genesis	94

PERTHNASAU

Pwy gan Hynny	96
Y Cocatŵ Coch	96
Genethod Mewn Ffatri	97
Fy Ewyrth a'r Dyn Arall	97
Hen Löwr	99
Yr Hen Ŵr a'i Gaseg	99
F'Ewyrth	100
Porthmon	101
Yr Hen Wraig	103

Modryb Blod	103
Gwraig y Tincer	104
Tu Allan i'r Ysbyty, Gobowen	108
Tu Allan i'r Bedol	109
Y Trên Du	111
Y Cyw	112

GLYWSOCH CHI?

Yr Arbrawf	114
Y Llygoden a'r Dderwen	115
Cymraeg Byw	115
Deio Bach	116
Beddargraff	121
Englynion Beddau	121
Cyfaill	122

CYSGODION

GWREICHION

Gwreichion yw geiriau.

Cydiant yng ngwellt sych y dychymyg
a'u troi'n goelcerth o arogleuon amryliw.

Coelcerth a fydd yn clecian yn y llygad,
yn gnau rhost yn y genau,
yn greithiau gwelw ar y croen,
ac yn farwor yn y cof
am hir
wedi i'r fflam olaf
wywo
   a phylu.

Gwreichion yw geiriau.

CLYCHAU

Mae pump o glychau'n galw
   Yn galw yn y gwynt,
Pob un â'i thafod arian
   Yn canu megis cynt.

Mae un yn galed, galed
   Fel bysedd oer, ac ust
Mae'n rhewi yn y meingefn,
   Yn eira yn y glust.

Mae'r ail fel mwg mewn gwydr
    Fel cwmwl uwch y fro ;
Neu megis blodau thuser
    Flagura yn y co'.

Mae'r drydedd un yn felyn
    Fel ŷd 'rôl tridiau braf
Neu megis traethell unig,
    Ddi-fwstwr yn yr haf.

Mae'r llall yn galw, galw
    Fel tonnau mân ar draeth,
Gan lenwi'r clyw â'i hufen
    Gan foddi'r cof â'i llaeth.

Mae'r olaf un fel mefus
    Â'i blas yn win i gyd
Yn toddi'r dafod flysig,
    Yn meddwi'r dannedd mud.

Mae pump o glychau'n galw,
    Yn galw yn y gwynt,
Pob un â'i thafod arian
    Yn canu megis cynt.

YN Y NOS

Dros nenfwd fy llofft
Mae sgerbwd yn rhedeg
A'i esgyrn yn ysgwyd
    Yn ysgwyd
        a siglo
Wrth linyn y lloer.

Daw golau'r stryd drwy'r llenni glas
A gwneud i'r blodau ar fwrdd y ffenest
Ddawnsio fel tylwyth teg Caer-Siddi
    Dawnsio
        a swaean
I rithm y nos.

A phan fo'r gwynt yn ymyl
Daw yntau heb ei wadd.

Ymwthia weithiau'n esmwyth
I mewn drwy dwll y clo
A chanu'i grwth yn dawel
I'r dawnswyr yn y cylch.

Dro arall bagla'n feddw gorn
I fyny'r grisiau cul—

Ei aeliau wedi cuchio
Ei dafod dew yn floesg
I ffraeo ac i ymladd â'r sgerbwd llwfr sy'n ffoi
O'r golwg drwy y to.

Bryd hynny yn glyd
Ar eryr fy ngwely
Dihangaf uwch creigiau cwsg
I goedwig yfory
    I fforest ddoe.

PWLL BACH O DDŴR

Mewn cornel ddu o fuarth
ein hysgol—yn y cysgod—
wedi cawod
mae pwll hir,
   cul.

Arno nofia ffon,
   yr un ffunud
â hwlc llong hwyliau hen
a ddrylliwyd gan y gelyn.
Broc môr yw'r dail melyn
sy'n llonydd ar fin y mwd.

Ac o dan olwg y dŵr
ymhell,
   mi wn,
mae'r morwyr marw.

Y BIN SBWRIEL

Weithiau,
liw nos,
   daw cathod
neu lygod
yn ddirgel
   a'i agor
i ddwyn o'i berfedd o
  esgyrn hen bysgod
a seigiau o gaws ac o gig.

Un tro
gwelais arno saith
o liwiau wedi'r glaw.
Tybed . . .
    . . . tybed a fu'r tylwyth teg
yno'n storio'r trysorau swil ?

Darnau o wydr
       neu o aur
a llu o . . .
      O hoffwn i
eu lloffa nhw !

Ond ust !
    dyma ddyn y lludw'n dod.

BANG !
    CLANG !
      Clywch
ei daro ar ochor y lori.

Nid oes dim
yn awr ond y dwst i'w weld
    a llwch y lludw llwyd.

Y RHAEADR

Ar lethrau'r bryn
gwelais forwyn falch :
ei gwisg o galch
a heulwen gwyrdd.

ADERYN DU GWYN

Nid oes gwylan ar li
    mor wyn â thi
sydd weithiau i'th weld
yng nghawell unig y brigau
ac yn wynnach
        na phechod
i'th frodyr
    d
      u.

Y CEILIOG

    Acw
        a weli y ceiliog
    yn y llaid
    yn ymladd fel llew ?

    Ai aur
    yw ei fwng ef ?

TW-WHIT, TW-HW

Tylluanod gwybodus
yn ysgol y nos
        gwialen hen
eu llais
yn distewi disgyblion y llwyn.

MELON Y MÔR

Mae'r traeth aur yn gorwedd
fel hanner melon meddal;
aeddfed fel lleuad fedi
croen cryf
o goed
      gwyrdd
o'i gefn;
a daw'r môr yn ei dro i mewn
i'w gnoi â'i ddannedd chwannog,
   ei ddannedd miniog mân.

CÂN Y CORRYN

Du yw y rhwyd
a du yw'r edau
a weaf heno
      er hyn
yn fy nhro
arian yfory
eiliad
   a ddaliaf
yng ngwe fy nghân.

YN Y NIWL

Cymylau yw toeau'r tai;
nofia gwylan
    allan
        o'r niwl
ac ymgolli
    i'r niwl
      yn ôl.
Cymylau yw toeau'r tai.

TWLL YN Y FFORDD

Edrychais
    lle bu bwystfil milain
      heddiw yn cnoi perfeddion y ffordd fawr
a gwelais o gylch
        tywyllwch y twll
       haid o adar
      brongoch
       yn
      clwydo.

YR HEN DŶ

Heddiw bu dryllwyr yn chwalu'r hen dŷ
a does
    dim
yn awr ar ôl
o'r ffenestri a'r waliau

   dim

ond drws du
a grisiau sy'n arwain
ac yn arwain
i fyny i lofft wag y nos.

YR HEN GAR COCH

Hen, hen gar yn rhydu'n goch
Ar iard y sgrap.
Eisteddaf ynddi er y rhwd.
      SGRECH !
Clywch y clyts
         yn gwegian
A'r teiars yn crensian
          drwy'r lludw crin
Ar fin y grid.
Rwyf yn gyrru, ydwyf,
  Yn ras y byd !

Aros bang y gwn
        ac yna
I ffwrdd â ni
Yn gynt na'r awel drwy'r corneli cam.
Suddo wedyn yn y sedd
A saethu i lawr y syth.

Ymlid,
     ymladd,
Ymladd
     ymlid,
Ymlaen,
     ymlaen.
Gwibio heibio i bawb
O un
    i un.

A nawr
Heibio i'r drofa olaf oll
I ru a berw'r dorf fe lywiaf i
Yn gyntaf.

      Y cyntaf !

Myfi—â'r hen gar coch.

HEN WiFRAU PLWM

Fel sarff y mae'n ymdorchi'n grwn.
Mor drwm, mor hen, mor gnotiog yw !
Y paent yn pluo a'r gwifrau gwyw
Tu draw i'r bocs fel ffroenau gwn.

Fel sarff mae'n ymgordeddu'n dynn
Ac aros ei brae â dicter du.
Bu'n gaeth yn y wal am flynyddoedd lu.
Nawr mae'n rhydd. Dial a fynn ! !

TRÊN SBRYDION

Heibio i belydrau'r hwp-la,
Tu ôl i'r oasis lle mae'r cnau coco
Yn brigo ar y palmwydd blewog,
Ger chwerthin y roc a'r afalau siwgwr
Mae gorsaf ddu y trên.

    Y trên sy'n troi'n
    Ddiddiwedd
    Ar gylch crwn,
    Ddydd ar ôl dydd
        ddydd ar ôl dydd
            ddydd ar ôl dydd
                ddydd ar ôl dydd
            yno ac yn ôl
            yno ac yn ôl
        dydd ar ôl dydd
            ddydd ar ôl dydd
                ddydd ar ôl dydd

    Ar gylch crwn
    Diddiwedd
    Drwy'r ogo ddu
    Lle mae

Gwrachod melynllwyd
    O gylch eu tân
    Yn llyfu eu gweflau glas
    A llyffaint
        llygod
                a chwningod bach
    Yn ffrwtian yng nghrochan y nos
        ddydd ar ôl dydd

    ddydd ar ôl dydd
      ddydd ar ôl dydd
   yno ac yn ôl
   yno ac yn ôl
    ddydd ar ôl dydd
     ddydd ar ôl dydd

Sgerbwd meddw
  Yn chwarae jazz
  Ar esgyrn eraill
  A'r rhythmau yn jangl-o
  Drwy benglogau'r gwyll
    ddydd ar ôl dydd
     ddydd ar ôl dydd
       ddydd ar ôl dydd
    yno ac yn ôl
    yno ac yn ôl
       ddydd ar ôl dydd

Bleiddiast denau
  A'i dannedd coch
  Yn sugno gwddw'r tywyllwch llaith
    ddydd ar ôl dydd
     ddydd ar ôl dydd
       ddydd ar ôl dydd
    yno ac yn ôl
    yno ac yn ôl
    ddydd ar ôl dydd

Draig felen
  A ffwrn ei ffroenau'n ysu'r cysgodion

Ac yn crasu'r düwch
Yn dduach du
    ddydd ar ôl dydd
        ddydd ar ôl dydd
            ddydd ar ôl dydd
    yno ac yn ôl
    yno ac yn ôl
        ddydd ar ôl dydd
    ddydd ar ôl dydd
ddydd ar ôl dydd

Pryfed cop
  Gwancus
Yn gwau cotwm glas eu perfeddion
Nes mygu'r llygad,
Tagu cnawd yr ogof
    ddydd ar ôl dydd
        ddydd ar ôl dydd
            ddydd ar ôl dydd
    yno ac yn ôl
        ddydd ar ôl dydd
        yno ac yn ôl
        yno ac yn ôl
    ddydd ar ôl dydd
    ddydd ar ôl ddydd
        ddydd ar ôl dydd
            ddydd ar ôl dydd
                ddydd ar ôl dydd
                    ddydd ar ôl dydd
                        dydd ar ôl dydd

Nes sgrytia'r drws ola'n
Agored—

Y goleuni'n trywanu'r llygaid at waed

Yr awyr fel afal yn y ffroenau

A'r chwerthin yn cnocio'r ysbrydion
Fel cnau
Oddi ar begynnau'r cof.

MALWEN Y NOS

Trist yw'r falwen ddigragen sy ar grwydr
dros arian y lloer.

Clyw udo oer seiren ei llais
yn hollti'r nos
fel petai cwlltwr neu og
yn ei hagor a'i rhwygo.

Eiddil ei hercio hi
dros briffordd liw'r caws
Eiddil er ceisio
brysio
       rhag i haul
y bore ei serio â gwn
ei wres
       —gan nad yw
ond dŵr a sugnwyd i we :
deigryn mewn plisgyn sy'n symud plwc
oedi a mynd
       a dim mwy.

Yn y lleuad dywyllwch
felly, tylla
o raid.
        Sleifia ar y waun.
Ei gïau'n dynn.
Rhwyd ei slefr yn gwynnu dôl
wrth chwalu
        wrth chwilio
am garais.
        Ond lle ceir garais
mewn gwlad o gaws
i falwen ddigragen sydd filltir gron
        o gorn i gorn
        a'i gêr ar goll
ym mhyllau dim y lleuad oer?

Yn y lleuad dywyllwch
felly, tylla
        ymbalfala'r falwen—
ei chrio yn ceulo calon,
yn fferru yn dy waed—
hyd derfyn pob dyffryn dwfn.

Liw nos
        a weli
                fry?

Goleuni ei slefr hi
yw llwch
        eira-arian
                y lloer.

Y LLYGODEN HUD

myfi yw'r llygoden hud

ni hoffaf i gaws
rydw i'n bwyta machludoedd
a brigau'r coed

ni wisgaf i flew

rydw i'n gwisgo siafftau
hen byllau glo a'r tywydd
sy'n pydru o dan hen ddail

myfi yw'r llygoden hud

nid ofnaf i gathod
na thylluan y llwyn
a chrwydraf lle mynnaf drwy dyllau y nos

ni fwytâf i friwsion

rydw i'n bwyta adar y to
a merched bach tew
o hyd ac o hyd ac o hyd

myfi yw'r llygoden hud

a'm cnawd fel y llwch

SYRCAS Y TÂN

A glywch chi yr utgorn yn galw,
   Y tabyrddau a'r tamborîn,
Y trombôn yn rhygnu'n y fflamau
   A'r soddgrwth yn felys fel gwin ?

A welwch chi'r golau yn galw,—
   Y porffor, y melyn a'r glas ;
Ei ddannedd yn cnoi drwy'r tywyllwch
   Fel fflamau yn ysu hen das ?

A glywch chi'r aroglau yn codi
   I'ch ffroenau o'r paent a'r tws-lli,—
Y tws-lli sy'n sgleinio ymhobman
   Yn sgleinio fel tywod y lli ?

A deimlwch eich nerfau yn tynnu
   Yn dynnach yn dynnach o hyd
Nes ofni eu clywed yn torri
   Fel gwifren, a snapio yr hud ?

A ydyw eich safn chi yn golsyn
   A'ch tafod yn llawn pigau mân ?
Os felly, mae'n bryd dechrau gwylio'r
   Perfformwyr yn syrcas y tân.

Draw acw, fan draw, yn yr huddug,
   A'r fflamau'n goleuo pob smic
Mae merch fain lygatddu o'r Dwyrain
   Yn barod ar ganol ei thric,

Yn neidio a throsi fel gwennol
   Ar noson braf, braf ym mis Awst,
A'r siglen yn codi a gostwng
   A'i thaflu bron, bron at y trawst.

A dyma'r ceffylau yn dyfod—
  Pob un â merch ar ei war.
Carlamu, neidio, diflannu
  I lawr coridorau y bar.

Ac acw, dan het fawr y crochan
  Yn smalio a gweiddi yn groch
Dau glown a'u hwynebau'n gymysgedd
  O oren a melyn a choch.

Y ddau am y gorau yn clownio
  Gan syrthio a maglu, bid siŵr,
Eu chwerthin yn atsain trwy'r fflamau
  A'r gwreichion yn tasgu fel dŵr.

A welwch chi'r gyr eliffantod
  A'u cegau'n agored fel sinc
Yn eistedd yn ôl er mwyn dangos
  Meddalwch eu boliau mawr pinc?

Ac yna, yn olaf y llewod
  A'r teigrod llyfn, melyn a du
Yn neidio a'r golau ei hunan
  Yn gwelwi rhag taran eu rhu.

Ond deil pob anifail i brancio
  Yn llawen yng ngolau y co
Ar ôl i bob cyffro droi'n lludw
  A'r syrcas ddiflannu o'r glo.

ALPHA AC OMEGA

  Neidia'r eog
              yn ei dro
o'r dŵr dwfn
a gwibia cymylau fel pysgod
ar waelod yr aber hen.

STORI STORI

Un tro roedd stori hen

Dôi ei diwedd
Cyn ei dechrau
A'i dechrau o hyd o hyd
A ddôi ar ôl ei diwedd hi

Dôi ei harwyr i mewn
Wedi awr eu marw
Ac wedyn ei gadael
A gorffen cyn eu geni

Dôi ei harwyr i sôn
Am hen fyd
Am ne a fu
A dirgelion oedd gudd

Ond er hyn ni fedrent ddweud eu rhan
Na gweld nad oeddynt i gyd
Ond arwyr mewn stori

Y dôi ei diwedd
Cyn ei dechrau
A'i dechrau o hyd o hyd
A ddôi ar ôl ei diwedd hi

AFALAU'R GERDD

Oherwydd fy niogi
mae dwsinau o gerddi gwyrdd
yn meddalu fel afalau
ar lawr fy ngho
ac yn gwsno
        yn y gwellt.

NADOLIG

Roedd pob Nadolig yr un fath
erstalwm.

Fel pinaclau mynyddoedd Eryri
yn loyw dan haul ac eira,
yn codi uwch gwastadeddau dyddiau gwlyb yr ysgol
ac yn bwrw ei gysgodion
ymhell o'i flaen
    o'i ôl.

Pob un wedi ei lapio'n ofalus
yn ei dinsel
a'i glymu â rhubanau glas
                  melyn
                    gwyrdd
mor styfnig
nes ofni ei ddatod
a rhwygo'r stampiau disglair
oddi ar ei wedd.
Yr oedi'n troi'n bleser
a'r blysio'n egino

er bod ei siâp yn amlwg drwy'r papur ers dyddiau
a'i ffurf dan y dwylo
mor gyfarwydd ag wyneb mam
                          gwên dad
ymhell cyn ei agor.

Pob un gyda'i syrcas gynnes ar ôl cinio
o flaen y tân
a'i bantomeim wedi te :

teuluoedd yn hedfan fel gwenoliaid haf
drwy heulwen gwneud y nenfwd
neu'n tasgu o siglen i ysgwydd
          i ysgwydd
                    i ysgwydd
i siglen
                    i ysgwyddysgwydd ;
llewod a theigrod ac eirth
yn gorwedd ynghyd
a bachgen bychan yn eu harwain
drwy gylchoedd o bapur a thân.
O roedd gwyddau'n siarad,
cathod yn dawnsio mewn sgidiau cawr
a bechgyn a oedd yn ferched
yn gwisgo fel merched
er mwyn twyllo'u chwiorydd a oedd yn ddynion
yn y dyddiau arian hynny
cyn i'r cloc daro deuddeg.

Pob un gyda'i dwrci
yn torheulo'n araf yn heulwen y ffwrn.

Ei fraster yn byblan fel ewyn môr
ac yn troi mor frown â thywod cardiau post,
yn llenwi'r ffroenau â rhialtwch storm
wrth ein cludo yn llong ei arogleuon
tuag ynysoedd y lotws a'r afalau
                    yr orenau a'r cnau.

A'i gig !

O ! Ei gig !

Gwyn fel eira
yn toddi dan wres y dannedd
ac yn fwrlwm o atgofion yn y genau
        am bob Nadolig fu
        ers dechrau'r byd.

Pob un gyda'i beli lliw—
dagrau amryliw llon—
coch
melyn
glas
gwyrdd
yn llawn aer ac atgofion,
yn blwmp gan chwerthin,
yn llyfn gan wae.

Y peli gwyrdd—
wy anifeiliaid—
diniwed, slei, tawel,
yn troi'n gathod dan grafiad ewinedd
ac yn sgrechian dan lyfiad tafod.

Y peli coch—
Indiaid coedwigoedd y cof—
yn gwylio pob smic,
gwrando pob osgo
trwy ffenestri'r dychymyg
nes deffro saeth yn y cylla,
cyllell ym môn y gwallt.

Y peli melyn—
glöynnod anesmwyth yr awel—
a'u clownio'n troi'r gegin yn ardd,
y dodrefn yn flodau,
y goeden yn fwgan.

Y peli gwyn—
lloerau gwyryfol, mud—
yn cylchdroi'n eu hunfan yng nghynteddau llaethog y to,
yn ddiogel rhag rocedi'r dwylo,
yn saff rhag y bomiau chwim
a'u chwalai yn gwmwl meddw
o wreichion ac ôd.

O roedd pob Nadolig yr un fath
erstalwm.

Pob un gyda'i gorws o wrachod
yn hedfan o fythynnod candi fy llyfrau
i'w sabath
yn fforestydd fy meddyliau coll.
Y nos yn llawn o wreichion sgrechiadau,
a'u hewinedd gwyrdd
yn rhwygo cnawd breuddwydion
ac yn tynnu gwaed.

O roedd pob stori'n grochan
a phob darlun yn sgubell
yn nosweithiau miniog y cathod du.

Pob un gyda'r minspeis gorau yn batrwm twym
ar y pentan,
      y llymed yn barod wrth y tân,
        yr hosan yn hongian ar bostyn fy ngobeithion.
A dim i'w wneud ond aros.
Aros.

Aros
mor ddistaw â'r eira,
mor gynnes â'r gwlân
yn sach fy mreuddwydion.

Aros am y sgithrad ar y to,
y cnoc ar y drws
na chlywais unwaith
er i mi wrando'n hir
ond a ddeuai mor ffyddlon â bysedd y cloc
yr eiliad wedi i mi gau fy llygaid
a diflannu wedyn cyn i mi ddeffro
drwy gorn y simdde i'r wybren
oedd yn llawn o dinsel
a pheli bach lliw y sêr
erstalwm.

Eleni mae'n wahanol.

Echnos
a'r tŷ yn wag
sleifiais i lofft y cefn

gwelais fy nymuniadau
llyfrau
gêmau
fferins
dillad
wedi eu lapio
mor ofalus â chelwydd gwyn
a'u trefnu'n daclus ar sled fy ofergoeledd
i'w llusgo i lawr y corn
ar gyfer y wledd honno
a geid cyn iddi ddyddio'n iawn
pan fo'r wlad i gyd
ond fi
dan wrthban cwsg
a'r byd yn garol.

Bellach
mi wn
er i'r minspeis gorau gael eu rhoi yn batrwm blasus
ac i rywbeth cryfach na dŵr y tap
gadw'r llymed ger y tân yn dwym
na ddaw cnoc heno ar y drws
na sgithrad ceirw ar y to
er imi wrando
a gwrando drwy'r nos hir.

Eleni
bydd un gannwyll fach arall
wedi ei diffodd
a bydd brigyn ucha'r goeden
yn wag.

TASGAU

YR AFAL

Dim blas ar frecwast
Y bacwn na'r wy—
Ond ni chaf oedi
Yma mwy.

Cot newydd amdanaf.
Yn y boced ddofn
Mae afal yn barod—
Rhag ofn.

Canu'n iach i Gelert,
Pwtsyn a mam.
I ffwrdd â mi wedyn
Yn fras fy ngham.

Arafu cyn cyrraedd
Cornel Pen-dre
Ac edrych yn ofnus
I'r chwith, i'r dde.

Canys yno, weithiau,
Bydd Deio Traed Mawr
Yn aros amdanaf
I'm maglu i'r llawr.

Deio dau w'nebog
Yn pwyso ar lamp
Ac yn aros amdanaf
Yn hyll fel tramp.

Ynghanol ei geg
Mae un dant drwg,
A thros ei fysedd
Mae oglau mwg.

Mae dynion y ffordd
Weithiau wrth law
Ac nid yw wedyn
Yn codi braw.

Ond mae wastad yn herian
Ar ei ben ei hun
Ac yn edrych fel ddannoedd
Ar fore dydd Llun.

Yn sydyn fe neidia.
Ond dwedaf yn ffri
Heb edrych i'w lygaid—
"Dyma afal i ti!"

Fe'i gwthiaf i'w law
A cherdded yn syth.
Ond rôl troi y gornel
Mi redaf am byth.

MYND YN ÔL

Euthum yn ôl o'r diwedd
Ond nid oedd dim 'run fath.
Pan oedd yr athro'n galw'r enwau
Fe swniai fy enw rywsut yn newydd
Ac yn rhyfedd.

Fe wyddai pawb, hyd yn oed Dei Lol,
Nad yw'n llawn llath,
Lawer mwy na fi
Am fordaith Madog dros Iwerydd
A pham mae cath yn canu grwndi.

Tra roeddwn i'n absennol
Fe gawsant hwyl yn gwneud pypedau
O bren a chlai a darn o sach ;
Dysgwyd cân am Gymru'n Un ;
Ganwyd pum llygoden fach ;
Blagurodd pob un o'r bylbiau
A blennais yn y potyn glas
Ar sil y ffenest a malodd rhywun—
Dei mae'n siŵr—
Fy llong fach bapur.

O ! roedd y bore'n hir a chas
A llais yr athro'n codi cur.

Ond amser cinio, dyna stŵr
Yn chwarae hwb a cham a naid
A rhedeg i bob cam o'r buarth.

Yn y p'nawn fe ddysgais innau'r gân
Ac o flaen y dosbarth
Mi gefais ddweud am fferm fy nhaid—

Am ebol newydd Seren ac am Mot y ci.
Ac yfory,
Fe gaf i fwydo un o'r llygod bach
Sy'n cysgu yn y gwellt a'r gwlân
      Mor llyfn â silc,
      Mor wyn â llaeth.

DRWY'R FFENESTR

Yn yr heulwen mor goch yw wal y berllan
Ac mor hawdd i'w dringo.
Bydd y blagur yn troi'n 'falau'n fuan
A bydd y Sgŵl o'i go
Pan awn ni yno gyda'r hwyr yng ngwyliau'r ha'
I nôl llond poced.
        Tybed
A fydd o'n cofio'r tymor nesa ?

Mae'r haul ar do Tŷ'r Ysgol yn chwarae mig.
A thu draw i'r cae chwarae cwyd
Cyrn y simneiau
Yn dal ac yn denau
Ac o ! mor bwysig—
Eu mwg yn troelli'n gymylau llwyd
I lonyddwch yr awyr unig.

RHIFYDDEG

Rhifyddeg yw rhifau'n hedfan fel colomennod i mewn ac allan o'ch pen.
Rhifyddeg yn unig sy'n dweud wrthych faint a enillwch neu a gollwch os ydych yn gwybod faint oedd gennych cyn i chi golli neu ennill.
Rhifyddeg yw ' dau tri mam yn dal pry ' neu ' wyth naw syrthio'n y baw '.
Rhifyddeg yw rhifau a wasgwch o'ch pen i'ch llaw, o'ch llaw i'ch pensil, o'ch pensil i'ch papur nes y cewch yr ateb.
Rhifyddeg yw'r ateb cywir. Popeth yn braf. Edrych allan drwy'r ffenestr—yr awyr yn las a'r adar yn canu uwchben.

Neu'r ateb anghywir. Gorfod dechrau eto o'r dechrau i weld beth sy'n digwydd y tro yma.
Os cymerwch chi rif a'i ddyblu a'i ddyblu eto ac eto ac eto ac eto ac eto ac eto ychydig mwy fe â'r rhif yn fwy ac yn fwy ac yn fwy ac yn fwy a dim ond rhifyddeg a all ddweud wrthych beth fydd y rhif pan benderfynwch chi orffen dyblu.
Rhifyddeg yw gorfod lluosogi a chludo tabl lluosogi yn eich pen yn saff gan obeithio na chollwch chi ef byth.
Os oes gennych chi ddau fferin, un yn dda a'r llall yn ddrwg ac yr ydych yn bwyta'r un da ac yn rhoi'r llall i sebra sy'n gwisgo ei resi du a gwyn o chwith pa sawl fferin fydd gennych chi ar ôl os oes rhywun yn cynnig pump chwech saith i chi ac yr ydych chi'n deud Na na na ac yr ydych yn deud Nai nai nai ac yr ydych yn deud Nis nis nis?
Os gofynnwch i'ch mam am un wy wedi ei ferwi i frecwast ac mae hithau yn rhoi dau wy i chi ac yr ydych chi'n mwynhau'r ddau pwy yw'r gorau mewn rhifyddeg, chi neu'ch mam?

EUOGRWYDD

Weithiau,
amser chwarae
pan na fydd pêl i'w chicio
na drwg i'w wneud
fe af yn ddistaw bach
tu ôl i'r hen adeilad gwyrdd ar fin y cae
gyda'm ffrindiau
              i smocio.

Weithiau,
os na fydd gennym un go iawn
fe roliwn ddail mewn papur llwyd
a'u smocio
yno yn y cysgod lle nad oes dim yn symud
ond y chwilod llwyd sy'n tyfu'n dew
lle mae'r pren yn pydru.

Y tro cyntaf
roeddwn i yn sâl—
mor wyrdd â'r sied ei hun !

Ond nawr wrth imi sugno'n galed
a llyncu'r mwg
rwy'n teimlo'n ddyn rywsut :
fy sgyfaint yn llawn o bleser,
fy ngwythiennau'n canu
a'r mwg heibio i'm llygaid
yn cyrlio'n las.

Ond weithiau,
wedi mynd yn ôl i'r dosbarth
gwelaf ffroenau'r athro
fel ffroenau cwningen yn pantio
wrth iddo wyro dros fy nesg
i farcio llyfr
a bydd euogrwydd
yn llenwi fy sgyfaint
ac yn cyrlio fel cymylau glas
o fwg
o flaen fy llygaid.

TORRI'R FFENEST

Am imi dorri'r ffenest
rydw i'n sefyll yma
yn aros i'r prifathro ddod yn ôl o'i ginio.

Doeddwn i ddim yn chwarae heddiw hyd yn oed !
Dim ond yn cerdded ar draws y buarth
tuag at y gastanwydden
efo Eifion
pan ddaeth y bêl tuag ataf,
yn tasgu'n ysgafn
a'r sgwarau duon drosti i gyd
yn sgleinio yn yr haul.

Allwn i mo'i gwrthod !
Un cic.
Dyna i gyd—un cic
a hithau'n saethu drwy'r awyr
fel pioden am y gôl.
Chafodd neb ddim siawns i symud
ond doedd dim rhwyd chwaith
ac yn lle banllefau'r dyrfa'n wyllt
yn drysu 'nghlustiau
yr hyn a glywais
oedd cymeradwyaeth feddw'r gwydr
a'i dincial gwirion
fel chwibanau arian.

Am hynny rydw i yn crynu yma
ac yn aros iddo ddod yn ôl.

Ond dyna fe !
Fedra i byth wrthod pêl
yn ôl fy mam
a phetai un yn dod tuag ata i'n awr
yn tasgu'n ysgafn
ac yn sgleinio yn yr haul
fe'i gyrrwn eilwaith fel pioden falch
i gornel eitha rhwyd di-linyn
fy nychymyg i.

Ust !
Mae'n dod !

YR ENW

Mae'n rhaid mai fi a dorrodd
fy enw
yma ar y ddesg
yn yr arholiad ddwy flynedd yn ôl
yn ôl y dyddiad sydd oddi tano.

Mae'n debyg imi ei grafu
ar femrwn llyfn y ddesg
efo'r gyllell
a roddodd f'ewyrth imi
ddeuddydd cyn iddo gael ei ladd
ym Mhwll yr Heulwen.

Er fy mod,
yn ôl y ddesg
yn caru merch o'r enw Gwen
yn daer
ni wyddwn i fawr ddwy flynedd faith yn ôl
am ddim
    ond am bêl droed,
    am feicio dros y foel ar bnawn o haul,
    ac am bysgota wedi cawod feddal
    am frithyll
    lle nad oedd neb ond fi'n dal dim.
Ni wyddwn i bryd hynny
am yr hwyl a geid,
heb bêl na genwair,
gyda'r hwyr ym mhen draw'r llwyn
neu ar fin yr afon,
nac am y dolydd gleision
sydd i'w gweld tu yma i'r foel
heb gymorth olwyn.

Ni wyddwn am y cledd di-wain
a gedwid yn loyw
ym Mhwll yr Heulwen
ac a wthir weithiau
at y dwrn i mewn
a'i droi a'i droi
yn nhwll y boen.

Na,
ni wyddwn fawr o ddim
ddwy flynedd hir yn ôl
ac mae fy enw
rywsut yn ddieithr i'm llygaid
ond mae'r gyllell
er bod ei llafn fel lli
a'i charn yn dew gan rwd
yn fy mhoced i o hyd
yn gynnes.

MEWN ARHOLIAD

Pawb yn sgrifennu—
ond fi !

Dau ddarn o bapur o'm blaen.
Un yn wyn a glân
a'r llinellau gleision arno fel gwythiennau trefnus
yn disgwyl
a'r llall yn llawn
o gorynnod y geiriau duon
sy'n barod i bigo fy llygaid
ac i sugno fy ngwaed.

Syllu drwy'r ffenest
a'r cymylau fel pysgod gwynion
yn nofio drwy'r heli glas,
eu safnau'n nesáu i'm llyncu
a'u trwynau smwt yn tolcio fy nhalcen.

Pawb yn sgrifennu—
ond fi !

Crafu fy mhen.
Sythu fy ngwddf
i weld dros ysgwydd fy nghyfaill
ond mae crafangau'r athro
yn barod i suddo i'm croen
a'm cipio i nyth y prifathro
a'i chymysgedd o blu
ac esgyrn bechgyn.

Pawb yn sgrifennu—
ond fi !

Ceisiaf ddal y corynnod
a'u dilyn fesul un
i fyny eu hedafedd fain
i'r ogo
lle mae cist yr atebion
yn llawn o drysorau disglair—
geiriau aur,
ffigurau arian.

Trochi fy nwylo chwyslyd ynddynt
hyd at yr arddwrn ;
eu cyfri'n ofalus
a'u teimlo'n llifo drwy fy mysedd
fel dŵr ffrwd
ar ddiwrnod poeth.

Pawb yn sgrifennu—
ond fi !

Ond mae fy atebion yn gorwedd
yn saff
a dwfn
yng nghadw-mi-gei fy mhapur.

WEDI'R ARHOLIAD

Ni ddaw un glöwr i fyny o berfeddion y ddaear
i ganol y golau dieithr
mor hoyw â ni—
yr arholiad olaf drosodd
a'r heulwen yn sgrwbio'r llwch
o'n crwyn.

Ni ddaw un mynach o'i gell
allan i ryddid di-bader y wawr
mor llawen â ni—
yr arholiad olaf drosodd
a dim mwy i'w ddysgu
ond cyfrol anorffen y caeau
a'i nodiadau gwyrdd

Ni ddaw un peiriannydd o gragen ei ffatri
allan i'r awel ddi-ired
mor heini â ni—
yr arholiad olaf drosodd
a dim ond olwynion llon y llwyn
yn troi ac yn tician
ar echel yr heulwen.

Ni ddaw un crwydryn o blisgyn ei gapsiwl
allan i'r tywod di-draeth
a neidio mor ysgafn â ni—
yr arholiad olaf drosodd
a gwyliau'r haf
yn ymagor o'n blaen
fel lleuad arian.

GWYLIAU

DYDD SADWRN

O mi rydw i'n hoffi Sadwrn !
Deffro'n gynnar a chlywed Mam
Yn brysur yn y gegin fach.
Deffro
A gwybod nad oes rhaid brysio i'r ysgol.
Darllen chydig.
Meddwl.

Yna rhuthro i lawr y grisiau
Pan ddaw'r post.
Baglu dros Glyn.
"Ssh ! Gelert, Ssh !—
Dim ond llythyr byr oddi wrth Taid a Nain".

Brecwast . . . cig moch . . . wy.
Ac yna dechrau eto
Ar blatiaid arall a bara saim
I'w grensian y tro hwn.

Allan i'r awyr las
Ac nid yw'n awr ond wyth o'r gloch.
    Wyth o'r gloch !
A'r dydd i gyd
Yn agor o'm blaen
Yn hir a braf.

    O mi rydw i yn hoffi Sadwrn !

Y CI BACH GWYN

Un dydd fe welais gi bach gwyn ar fin y ffordd.
Y blew o gylch ei wên yn llym gan waed.
Ei goesau'n hoelion.
Mae'n rhaid nad oedd ond pwtyn bychan iawn
Canys er nad oeddwn i'n llawn llathen eto
Fe'i cariais yn ddidrafferth ar fy mron
I'r tŷ. Gwichiodd fy mam
A gwnaeth fy nhad, pan ddaeth o'i waith.
Fasged newydd iddo ym mwd yr ardd.

Ni chofiaf unrhyw deimlad ar y pryd.
Dim tristwch na thosturi hyd yn oed.
Rhyw deimlad dwyfol, bron, mae'n rhaid ei fod,
A'r pwt o gi'n ddim mwy, dim llai,
Na darn o fara yn fy llaw.
Ni chofiaf enw'r ysgol lle dysgwyd imi
Wedi hynny
Fy ofn o'r marw.

Y GÊM

Yr awyr las,
Y crysau coch
A'r closiau gwyn.
Mae'r gêm ar droed!

Cicio, cyffro,
Symudsydyn.
Neidio, nodio.
Chwiban, chwys.
Ymosod chwyrn.

Y dyrfa'n frwd tu ôl i'r gôl.
Y bêl yn tasgu
A'r gwynt yn ei chwipio
Ffordd hyn,
        ffordd draw.

Tair chwiban siarp.
Hanner amser.
Oren oer.

Dim sgôr eto.
Yn ôl i'r cae—
Hanner awr i fynd
O chwys a gwres.

Chwiban fain—
I ffwrdd â ni
I lawr y cae fel mellten goch.
GÔL o'r diwedd
A llai na chwarter awr i fynd.
Y dyrfa'n rhuo,
Chwarae chwim,
Ymosod gwyllt.

Tair chwiban siarp.
   Amser llawn.

Un-dim
    UN—DIM !
I ni
    I NI !

AMSER TE

Mae'r gwynt wedi oeri nawr
Ac mae'n dechrau glawio'n drwm.
Mae'n bump o'r gloch a'r haul wedi machlud.
Ond ar yr aelwyd mae'r tân yn rhuo,
Y toddion yn y sosban yn ffrwtian
A'r popty'n suo'n isel.
Wwwsh ! Dyna'r nwy'n cael ei ddiffodd
A'r platiau'n cael eu hestyn.
Tatws yn nofio dan gymylau gwyn o ager
Mewn môr o fenyn melyn.
Dad yn gweiddi, "Te'n barod !"
A brysia mam â'r cig i'r bwrdd.

YR HAF DIWETHAF

Roeddem wrth ein bodd bob Sadwrn
Mewn cae ar gwr y dre.
Yno ar fin yr afon
Ymhell o olwg pawb roedd gennym le i 'mguddio.

Weithiau,
Pan oedd hi'n braf a'r haul yn boeth
Gosodem gerrig llyfn ar draws y lli
Ac yn ein pwll ein hunain
Fe nofiem ni . . .

Bryd arall,
Aem ar sgowt ar draws y wlad
Gan groesi afonydd a nentydd—
Ymgripiem dan wrychoedd rhag i'r ffermwr ein gweld,
A gwneud twneli hir drwy'r gwair uchel a'r drain.

Droeon,
Fe ddôi bechgyn Pen Castell
Ar ein holau
Ond oherwydd ein twneli cudd
A'r lleoedd dirgel oedd gennym ni
I groesi'r dŵr
Ni ddaru nhw ein dal ni rioed.

Ond,
Wedi i'r gaeaf ddod
Ni fedrem guddio yn y cangau noeth,
Chwythodd y gwynt drwy'r twneli cudd,
Sgubodd y nant ein pontydd i gyd i ffwrdd
A llifodd y dŵr drwy ein cuddfan.

Yn y gwanwyn,
Trwsiodd y ffermwr y gwrych
A phlannu ŷd.

Ni chawn fynd eto i chwarae
A gwneud ymguddfan
Yn y cae ar fin yr afon.

YR ACHUB

Dringodd y goeden tua'r nef.
Siglodd y goeden,
Siglodd yntau !
Roedd yn ceisio achub y gath

A eisteddai'n glustog wen
Ym mhen ucha'r brigau
Fwy na phedair llath
O hyd o'i gyrraedd ef
Ac yn gwenu'n slei fel petai'n ceisio dwedyd
Na ddôi i lawr yn ôl
Er iddo alw arni.

Yn uwch ac uwch dringodd
Nes gorweddai'r pentref i gyd
Yn fach o dan ei draed. Y dail ffôl
Wedi meddwi
Yn troelli heibio
Ym mreichiau'r gwynt
A'i chwythai yntau, pe gollyngai ei afael,
Dros y pentre, dros y fron,
Yn gynt na chynt.

'Rôl dringo digon
Fe'i cipiodd—
A'i chael
Yn dynn o dan ei fraich.
Wedyn troi i ddisgyn.
　Ond O ! dysgodd
Mor anodd oedd disgyn
Ag un fraich yn lle dwy.

Curodd ei galon, ceisiodd feddwl ;—
Byddai'n rhaid iddo ei gosod
Ar gangen is am eiliad fach.
Criodd hithau mewn braw—

Ni fynnai'r twpsyn dwl
Ei adael bellach—
A gwthiodd ei hewinedd llym i'w law.
Gwasgodd hi'n dynnach. Meddyliodd fwy.
Ond ni allai symud.

Y gwynt yn codi
Y nos yn dod.

Ei dad ! Gwaeddodd esgyrn ei ben.

Daeth ei dad o'r tŷ. "Beth yn y byd ?"
"Mae cath drws nesa gen i yma
Ond alla i ddim dod i lawr".
"Dal d'afael . . . ysgol".

Ysgol ! Dyna lwc ! Ni fyddai'n hir yn awr !
Mor braf oedd goleuadau gwyrddlas y ffordd fawr
Rhwng brigau'r dderwen
A'r golau ambr yn fflachio o bobtu'r sebra.

Ond ble roedd dad ?
Mi ddylai fod yn ôl.

Llyfodd y gath ei fysedd fel petai'n dwedyd,
"Wyt ti'n oer ? Ydyn ni'n saff ?"

'Roedd bron â chrio ond daliodd yn dynn
Yn y gangen braff.
Yn sydyn
Dyma oleuni—
Ei dad
A'i fam,
Ysgol,
Gelert y ci
A'i frawd bach, Glyn.

Safodd ei dad ar y gangen isa,
Ei fam ar frig yr ysgol,
Glyn ar ei gwaelod
A Gelert yn pantio ei dafod
A throi ei ben yn gall.
Pasiwyd y gath, ar ôl ei dwrdio,
O'r naill i'r llall.

'Roedd popeth yn hawdd wedi hynny
Er i'r gwynt ruo
Drwy'r dderwen.
Ac wedi iddynt fynd i'r tŷ
Eisteddai'r lleuad yn y brigau ucha
    Fel cath fach wen.

FY MRAICH

    Tair wythnos arall
    a bydd y plastar hwn i ffwrdd
    a'm braich unwaith eto'n rhydd.

Ond ew mae'n cosi 'nawr !
Fel petai miloedd o forgrug mân
wedi gwneud eu nyth yno
a dodwy miloedd mwy o wyau
a hwythau'n deor
ac yn cerdded yn eu tro
i fyny ac i lawr fy mraich.

Mae'n llosgi cymaint weithiau
nes y teimlaf
y gallwn dorri'n glir i ffwrdd
y twmpath hwn a'i daflu ymaith.
A phan wyf, bob nos
bron iawn â chau fy llygaid,
fe ddaw'r un olaf, cloff
dros orwel cwsg
i gnoi a chnoi
a chnoi.

Mae fy mysedd
ar fy llw
mor sownd â Mabon yn eu cell
ac nid oes
mwyalchen hen, carw coch,
tylluan ddoeth,
eryr sy'n pigo'r sêr
nag eog chwaith a all dorri'r swyn
a'u gollwng eto'n rhydd
o gaer y plastar.

Ond mewn tair wythnos
fe ddaw'r cleddyf hwn
yn glir o'r wain
ac wedi hogi'r llafn
a rhoddi min yn ôl i'r dur
fe'i bwriaf eilwaith,
fy Nghaledfwlch i,
drwy anoethau byw
wrth chwilio am y gwellaif
sydd ynghudd rhwng clustiau blewog amser.

Y GOEDEN AFALAU

Ymguddiwn yn y goeden falau gam
Yn chwilio am Indiaid pan ddaeth y gŵr.

Meddyliais i mai Indiad oedd am siŵr
   Oblegid rhedai fel y gwynt. Roedd fflam
O heulwen am ei law fel y nesâi.
   A gwelais lafn y gyllell yn ei ddwrn.

Chwythai fel ceffyl ! Ei lygaid ar drai !
   Llydan agored ! Fel gwaelodion ffwrn !
Rhythai ei geg fel llygad arall, coch.
   Ei wallt yn chwys o wlyb hyd ochrau'i foch.

Cyrcydais yn y dail uwch glas y ddôl
   Rhag iddo weld lle cuddiwn ac yn gynt
Na chynt droi ei lygaid arnaf ond fel y gwynt
   Fe ffoes fel petai'n clywed rhywbeth od o'i ôl.

BEIC NEWYDD

Os bydd hi'n braf
yfory
fe gaf fynd am dro
ar fy meic newydd.
Mae'n glawio gormod heno.
Gresyn cael llaid ar yr olwynion
a baw ar y ffrâm
y tro cyntaf.

Rhaid imi fodloni
ar eistedd arni yn y cwt
a mynd i bobman
heb bedalu cam :
i fyny Stryd y Plas,
heibio i'r Onnen Fawr a Ffarm Plas Drain,
aros wrth bont y mynydd
i fwyta'r brechdanau caws
ac i yfed peint o lefrith cynnes
cyn rhuthro
drwy Swch y Gwynt,
Tainant,
        Plas Bwcle
              a'r Fron Deg
yn ôl i lawr yr allt
a'r olwynion
mor loyw ac mor llonydd
â chyn i mi gychwyn.

Bodiaf ei haliminiwm llyfn
a rhedaf fy llaw dros y teiarau cras ;
canaf y gloch fach arian

am y canfed tro
nes codi dychryn eto ar yr ieir
sy'n pigo yn y glaw
wrth ddrws y cwt.

Heno,
pan af i ngwely
bydd llun o'r beic o dan fy nghlustog
a bydd hi ei hun
yn pwyso'n erbyn wal fy 'mennydd
yn las, yn loyw
ac yn chwim i gyd,
neu'n gwibio'n gynt na'r wennol
drwy lonydd deiliog
fy mreuddwydion i
lle mae y gwyddfid pinc
yn drwm gan wenyn meddw ganol haf.

Yfory,
os bydd hi'n braf . . .

SEREN

Mae ebol bach du yn pori wrth ochor ei fam.
Ymestyn ei gwddw hir llyfn
I lawr at wlith y gwair.
Wrth iddi anadlu daw cymylau bach ysgafn o fwg
O'i ffroenau.

Clyw fy chwiban,
Daw ataf dros y glaswellt caled
A'i charnau fel drwm yn yr hwyr,
Carlamu,
Tuthian,
Cerdded,
Aros,
Ac edrych arnaf i efo'i llygaid tân.

Mae fy nghalon innau fel drwm,
Caseg winau wedi dod i'm gweld i.
Mae'n troi ei phen
Cerdded
Tuthian
Carlamu
Ac mae wedi mynd.

Aros,
Edrych arnaf,
Yna a'i chyw wrth ei chwt
Daw yn ôl yn araf.

Teimlaf fy nghalon yn cyflymu eto,
Teimlaf sidan ei blew,
Mae'n troi a mynd,
Seren â'r llygaid tân.

Y BWLI

Rwyt ti'n lwcus
dy fod ti'n fwy na fi,
yr horwth hyll,
neu fe rown i gweir nad anghofit mono byth
i ti—
ti
a'th goesau cam
a'th lygaid croes.
Mae penelin dy drwyn
yn ddigon i godi dychryn
ar bob diawl
oddi yma i ben draw Iwerddon ac yn ôl
a'th gorff fel petai byddin fawr o filwyr
wedi bod yn tramp
                    tramp
                          trampio
dros bob modfedd sgwâr ohono.

Pe bawn i'n fwy
fe'th rwymwn di yng ngwe fy sbeit
a dawnsio'n llon o'th gwmpas.
Fe wnawn i bont ohonot
a cherdded drosot
dros yr afon
i nôl fy mhêl.

O roeddet ti'n meddwl dy fod ti'n llanc
yn dwyn fy mhêl
a'i chicio yno
lle na fedraf fynd i'w nôl.
Ond aros di nes byddaf i yn enwog

am chwarae pêl ar hyd a lled y wlad !
Bydd pawb yn curo dwylo
ac yn gweiddi ar fy ôl pan af i heibio
a minnau'n chwerthin am dy ben,
yr horwth hyll,
yn union fel y chwarddaist ti
wrth gicio mhêl i dros yr afon.

Ond rwyt ti'n fwy na fi
a rhaid imi fynd i chwarae efo Deio 'mrawd.

Rydw i yn fwy na fo.

Y LLYGODEN FACH

Mewn hen hosan yn y bocs sgidiau du
Mae'r llygoden fach yn huno.

Crynai a gwichiai yng nghysgod y gwrych
Nes imi ei dal wrth ei chynffon a'i dwyn i'r tŷ
Yng nghawell fy nwylo.

Y peth bach del ! Corff crwn, brych
A blewiach fel fy nhaid
O gylch ei gên. Llygaid syn,
A'i thraed bach ffôl
Yn wyn fel caws pan geisiai roddi naid
I'r cae o'm dwylo'n ôl.

Ond nawr rôl yfed llond llwy de o laeth a chnoi
Tri darn o gaws gorwedda'n dynn
Yn nyth ei chynffon.
Ei bol mor fawr â'i phen ! A'i chlustiau

Er iddi flino'n
Troi a throi
At sŵn na chlywn ni.
              Ust !
Ai fi sy'n meddwl nad yw mwy
Yn crynu pan ddof ati hi ?
Nad yw'n fy ofni mwy ?

COLOMEN

Oglau baco,
coed newydd eu llifio
a'u llwch
yn dew ar ei ddillad ef :
cofiaf fy nhad yn adeiladu'r
cut i'r colomennod.

              Ei wylio'n dodi
astell wrth astell
nes bod buarth a thŷ
yn atseinio
i salmau'r morthwylio
yn crynu
i adnodau'r hoelion
a hen gornel yn troi i mi yn gapel gwyn
lle 'rawn fin nos o haf
fel at allor
      yn ofnus
           i weld
gwyrth nyth ac wy.

Gwylio'r cyw yn tyfu plu
yn magu ei siâp a'i liw :

modrwy o aur a gwyrdd
yn symud ar war a gwddf
   o lwyd di-liw
a seren o felyn ac oren
yn fflachio o gylch
     ogo'r llygad.

Teimlo
   y big na fedrai bigo
   o'r bron trwy bridd
   ei blisgyn
       o dipyn
            i dipyn
   yn caledu'n ddagr dur.

Clywed
   wedyn
     y wich yn newid ei modd
     a throi'n ochneidio meddal
     a laciai
        a dreigliai y maen
     nes goleuo i mi
        holl awen fy mod.

A hon oedd fy ngholomen i
a ollyngwn fel llong
ymhell
   dros y môr
i grwydro
   a gwibio
hyd draethau fy nychymyg aur.

Sadyrnau o ha hir aros
nes y dôi
    o'r ne
        yr arwydd :
aderyn
    fel hedyn ar orwel
yn tyfu
    tyfu
oni flodeuai'n ara
        araf
ar gainc fy llygad.
        Ei adael
wedyn i aeddfedu
cyn ei gynaeafu
a'i roi yn ôl
yn saff yng ngwair y nyth.

Yn grwn fel afal ym masged Medi.

Neu weithiau'r Sadyrnau du
a nosau y disgwyl a'r gwylio.
Y golau
o'r awyr yn treio
a dim ond drudwen y nos
yn agosáu
yn araf dros y gorwel
ac yn disgyn ar gnawd ysgwydd.
Drymio hir ei hesgyll
yn crafu
        dro
           ym mêr asgwrn

    ei neges
    am gigydd
        storm
              ac eigion
nes llosgi socedi cudd
y llygad a gadael y geg
yn nyth o esgyrn.
A oedd hi eilwaith
          i esgyn
o bair y bore
ac i hedfan drannoeth
yn ôl i ddiogelwch
o'r llwyni a'r drysi?

Ond arhosai'r
    wybren yn wag o hyd
ond am y brain
a godai
      o'r gwaed
tu draw i'r rhyd.

A'm byd yn ddi-bont.

Ac er i'r hebog
a elwir amser
neidio i'w gwar a'i rheibio
daw fy ngholomen
      heno
          yn ôl.

Gwyliaf hi fry
yn cylchu cymylau'r cwm
a theimlaf guriad ei hadain
yn disgyn yn gawod aur
ar ysgwyddau'r cof.

DEWCH AM DRO

DATGUDDIAD

Yn araf, allan
o lwydni crebachlyd y sidan swil
ymwthia'r hen rym weithian
nes saif yn unig
yn rhyddid y goleuni glas—
        nid glöyn
        sy'n glynu
        fel blodyn wrth gonyn y gwynt,

        nid un o wyfynnod y gwyll
        a'i haden fain wedi ei gweu
        o aur a lliwiau hen wydr,
                annarllenadwy—

ond rhywbeth hŷn, di-lun, di-liw,
ar wib ddiddiwedd
    drwy gynteddau'r tir.

Y GLÖYN BACH GWYN

Lliw arian,
    lliw eira,
Yn fflôtio,
    yn fflitian—
Yn awel y bore gwêl   g
                            l
                              o
                           w
                         n
                      i
                    o   y glöyn.

Yn sydyn
   d
   i
   s
   g
   y
   n
   n
   a.

Mae'r llwch ar ei haden
Oedd mor llachar â'r ôd
Ennyd yn ôl yn duo'n awr.

Chwythaf y paent oddi ar felfed ei hadenydd.
   Mor llonydd yw ar fy llaw.

Ei hadenydd caead yn ddu—
         cydia ynddi hi.

Ai glöyn,
Ai deilen yw?

Y GLÖYN MARW

Gwelaf yn awr nad gwyn
mo'r gwyn ond gwyrdd
   a gwyrddach gwyrdd
drwyddo yn gwau
fel y garreg o liw'r afal a geir
o gloddio'n hir yn chwareli'r Aifft.

Drwy felyn yr ŷd,
drwy'r asur,
drwy'r rhosod a glaw yn eu gloywi,
drachefn drwy wrychoedd
y ffiwsia mae heidiau,
  —ugeiniau gwyn,—
  o gymylau'n gwamalu
mewn diorffwys symudiad.
Dim er hynny ond y meirw eu hunain
sy'n dangos plethiadau'r gwythiennau gwyrdd
a thoriad
balch eu hadain.

Y DAIL

Y dail,
     a weli di y dail,
     y dail du
     ar wair yr hydre oer?

Daw'r gaea
    ystyria y dail
    y dail du.

DEILEN

Nid ofn y golomen wyllt
a'm dychrynodd i neithiwr
ym mhlygiad y nos
ond sgerbwd y ddeilen grin

a wingodd yn erbyn ei thynged
a chlecian fel chwilen
dan bwysau fy nhroed.

Dim ond deilen
a wingodd am ennyd
fel Lasarus gynt
cyn suddo yn ôl
i'r pwll nad oes iddo
ddyfnder
na gwaelod.

HYDREF

Dail
     yn disgyn ar y dail du,
cawod a chawod chwim
     yn gloywi'r glaw.

Y WIWER

Brons,
   aur,
ambr a hen sieri
    y wiwer
       cyn ewyn y gaeaf
sy'n hercian yn y gwiail

i gywain o'u brigau hen
ei bara gwyn
i droi iddi'n waed
    rhuddin
        nerth,
yn gnawd
       ac yn wetr
yn yr oes hir
    y daw gwres eira
    hyd y wig
i rewi
    ysu'r dail.

Y PISTYLL

Yn ysgol o wreichion,
    yn rhisgl rhychiog
dros hen esgyrn,
     y dŵr
       sy'n ysgwyd
            ysgwyd
a disgyn
i esgor
       o dasgu'n ysgafn
draw yn y cysgod
ar asgell o eira esgud
        sy'n esgyn a llosgi
    yn rhaeadr yr awyr.

MÔR IFANC

Aflonydd yw'r môr.
Dyrna'r lan
Fel calon ifanc yn hela.

Siarada'r môr
Ond calonnau stormus yn unig
A ŵyr o'i eiriau
Mai mam arw sy'n siarad.

Ifanc yw'r môr.
Golcha un storm ei benwynni
A sgwrio ei henaint.
Clywaf ei chwerthin di-hid.

Carant y môr,
Y rhai a'i marchogant,
Y rhai a wyddant
Mai dan ei halen y bydd eu bedd.

"Gadewch i'r rhai ifainc yn unig
    Ddod ataf
    I gusanu fy wyneb.
    Myfi yw Omega
    A dywedaf wrthynt
O ble daw stormydd
    O ble daw sêr."

CURYLL Y GWYNT

Gwêl fry !
    Sglefria hwn
fel ar fôr o wydr
gan fwrw ofn
ei frath
dros ferw'r wig
oni fo'r holl fro
i wâl neu ogof
        o'r waun
yn ffoi ar frys.

Ond ofer hyn !
    Deifia o raid
ar ei fara hen
yna,
      yn araf
        ar ei hynt
a'i fron
yn diferu o waed
cyfyd fry
i fwrw ei wae
eilwaith
        o gefnfor haul.

Y GYLFINIR

Llais llwyd
yn anialwch y ddôl
ac aroglau cysur
yn torri o flaguryn
    ei gân.

EHEDYDD

Seren
    eirias y wawr
yn cyhoeddi geni
y gwanwyn gwyrdd.

TYLLUAN

Ym mrigau'r nos
mae'r geiriau yn hen
a lafargenir mor undonog
gan weinidogion du
    offeren y diawl.

GLAS Y DORLAN

Acw
    a gwrid
    o liw gwair,
        ambr
    a grug
    fel awel o fwg ar ei war
picia
    o ferw'r gro
    i'w allor gron
    rhwng gwraidd
    yr helyg a'r ynn
i gynnig
    a rhoi
i'r pigau rhwth
    aberth y dagr hen.

GLENDID

Bore o aea oer
ac mae hyd yn oed
                brân
yn lân o wawr
ar liain eira.

HWYAID GWYLLT

Hwyaid gwyllt !
       gwn
y daw'r cnwd a'r cynhaea wedyn
yn well,
eto, pan ewch . . .

GWYDDAU

Onibai am eu cri cras
buasai
haid o wyddau gwyllt
heddiw
i gyd ar goll
yn eira'r bore.

SLUMYN

Cefnder llygoden yw'r slum, liw dydd.
Mewn hen, hen ogo gorwedda'n gudd.

Ei fysedd fel het o gylch ei ben.
Ei guriad mor ara â churiad pren.

Ond troella'n ffôl drwy'r oriau mân
Fel rhith sy'n dawnsio yn fflamau'r tân.

A phan â heibio i'm pen yn hy
Gwingaf rhag cusan y melfed du.

Mae rhywbeth o'i le mewn peth mor ddi-lun :
Llygoden adeiniog ag wyneb dyn.

Y GATH WEN

Mewn gwair hyd at ei llygaid melyn,
Yn sythach na saeth
A'i throed yn dynn o dani
Eistedda'r gath wen
Mor stond â photel laeth.

Weithiau wrth lyfu ei gweflau swrth
Daw hanner gwên
I gornel ei cheg
A mewian mud pan fo deilen
Yn cosi ei gên.

O'r braidd y symuda'i phen
I ysgwyd o'i chlust
Ddefnyn o wlith ac i frathu
A sugno
Cetyn o wair. Ust !

Mor wyllt yw ei llygaid cysglyd !
Fe welodd hi'r dryw !
Sgleiniant
      a phylu
Wrth i gân ei adenydd
Farw o'i chlyw.

HWCH

Dim ond pan glywodd
Y gyllell greulon yn ei gwddf
A sgrech y sgarff goch
Y deallodd hi'r chwarae

Mor flin oedd ganddi wedyn
Ei bod wedi codi
O wrthban clyd y llaid
A brysio'r hwyr hwnnw
O'r caeau mor jyhoi

Brysio at y cafn melyn

MUL

Weithiau rhy nâd unig
A throi
Weithiau ar wib
A dyna ei weld ennyd

Dro arall
Gwelir dwyglust arw hir
Pig planed y pen
Eithr nid yw yno

CEFFYL

Yn y wedd
Wyth coes sydd iddo

Daeth dyn
I fyw i'w safn
Gwasgodd ei wefusau i waed
Mynnodd ei ddannedd cry
I frathu drwy borfa'r haidd

Bu hyn
Erstalwm yng nglas y byd

Troes tristwch
Yn gylch yn ei lygaid gwâr
Oherwydd nid oes goriwaered
I'r allt
      a rhaid
Iddo mwyach lusgo
Holl lwyth
      y byd

Y MEIRCH

Yn y bore glas
ymestynnent yn dant hir
rhyngof a'r haul
a thywod moel yr hen afon.

Gloywai gwlith
ar esmwythder di-asgwrn eu cyrff,
a denai eu carnau fiwsig mud

o'r pridd meddal
fel yr ymdoddent
yn ffrwyn y cenedlaethau
drwy darth
eu hanadlu eu hunain.

Yna,
fel gwydr yn torri,
trôdd un
    a charlamu.

I ben pob un
neidiodd gwrachod gwichlyd
i bluo'u myngau
a'u sbarduno â'u hewinedd bachog
dros glawdd a mynydd,
castell a dinas ;
picellau eu carnau
yn cleisio, tolcio'r ffurfafen
a'u pedolau'n gwasgu'r mellt
ar ffo.

Ac yn y fellten
gwelais y dafnau ired
yn gloywi
ar haearn eu blew.

DEFAID

Rhuthrant i'r gorlan
yn ufudd o un i un
rhag pigaid y chwiban
a gorwedd yno
mor amyneddgar â'u chwaer
a welais echdoe
ar y rhos
â brain yr oesoedd
yn nythu
ym mogail ei phenglog unnos.

Eto,
mi gofiaf amser
pan nad oedd ci na chwiban
a fedrai ddenu'r rhain
o'u cablu a'u celwydda
ar y ddôl
a'u gosod yn nhawelwch du yr ogof
yn simffoni o gryndod ac o ofn.

HWYADEN

Yn drwsgl draw
Sigla
    drwy'r
Llwch llwyd
Di-bysgod di-flodau
Yn dynn dan ei hadenydd
Deil
        anesmwythder dŵr

O glun i glun
Sigla yno
Yn ara
    unig
Daw er hynny
I lan y brwyn a leinw'i bryd

Byth
Byth ni all hon obeithio
Cerdded
Fel y gall aredig
Drwy'r drych

LLWYNOG

Yn gynt na'r gwynt
neu'r fellten goch
llama'r llwynog
ar wib
    i'r ogo
tu draw i'r bryn.

Eco hir
y cyrn
yn diasbedain draw
nes cwyd ym mudandod y saib wedyn
    udo o'r waun.

Y cŵn !
Yr utgorn coch
wedi deffro
mewn clustiau a dwyffroen
ias y wanc
y nos hon.

Lleuad yn lliwio'r ddaear
yn arian.

Y llwynog
yn gorwedd yn llonydd.

Lli o waed
yn lledu
yn araf i lawr
dros ferw ei flew
a neb ar ôl
i'w gofio
    ond brân.

GWENCI YNG NGOLAU'R CAR

Encyd a'r bryncyn
yn hances
    winciodd
o'i hencil wrth foncyff
hen wenci
    a gwanc
hyd ei gwep yn gancr.

Yna'n wancus
    y nos
        a'i llyncodd.

CYWION Y FALWEN

Yn y gwyll
wele'r falwen
yn gwau
ei llwybr dall
oni sleifia i ryw dwll
heibio i'r dail
a gado'i slefr du
ar hyd wair y ddôl
    fel rhwd ar ddur
      neu grach ar groen.

Yna daw gwyrth i goed
o groth ac wy
a berw barus
    mwyeilch Mai
i olchi marc
y pry o'r pridd
    a'r cur o'r co.

GWE

O ffau ei gwsg ar raff gain
ymlwybra
      i heulwen y ffenest
y pryf cop araf.
        Acw poera
gwlwm a chwlwm chwim
i guddio ei ogo ddu.
Sigla hyd ei ysgol
      a disgyn

y gwydr cnotiog
i dario ac i wau yno eto
o'i hen awen
ddinas newydd.

Huna yn ei olwyn welw
cyn loywed â bwled balch
yn aros i ymwelydd
ddrysu a malu
adenydd ei ryddid
wrth droi a throi
    ar
     r
      u
       th
        r wyllt
i'w fagl fain.

Cryna'r carchar
a dawnsia'r cop
i lawr ei ysgol arian
i brofi ei bryf.

Dechreua'r chwarae :
gwga'r rheolwr,
      gwegia'r olwyn
ond dur yw'r bont
(er, o'i rheibio hi
ag anadal fe chwalai).

Rhwym yw'r pry.
Yntau ar wib yn troi
heibio iddo
gan weu bedd.

Gyda'r hwyr
bydd palmantau gwydrog ei dref
yn drwm gan bryfed ei reddf;
gwenyn brwd
yn gwynnu yno,
        breua aden
iâr fach yr haf
        a chrin
ar y gwifrau
sgerbydau copr yn crogi a hofran.

Nos
ac ni welir
y seigiau yn ei olwyn
nag ef yn ffau ei gwsg
yn siglo
    siglo
        rhwng y sêr.

NOS GALAN

Heno
mae dannedd
gwydr y gwynt
yn cnoi'r cnawd ;

y sêr yn brathu
crafu'r croen ;
rhynna'r frân ar frig ;
haearn yw'r lleuad.

Arian
yw'r anadl
o ffroenau'r llwynog
yn ffau'r waun ;
llonydd
yw'r llygoden yn ei nyth heno
yn cnoi ei gwanc a'i newyn ;
lle bu pawen y gwiningen
    angau
a'i ôl a welir
yn glynu'n goch wrth y gwlân gwyn.

Mae marc
a dim mwy i'w weld
lle bu deilen yr afallen heno ;
ac ar y foel
a weli di y griafolen—
mor chwerw a hen
    yw ei chraith ?

Ond mae'r wadd er hyn
yn glyd
ym mru y ddaear heno

braf ydyw'r hun a brofa'r draenog
wrth orwedd mewn croth o wair ;
sugna'r dderwen a hadau'r gwenith
yr hen deth.

A than y croen dur
heno
mae calon y ffrwd yn curo.

CEILIOG Y DOLIG
I

Heddiw
lladdodd fy nhad y ceiliog.

Y ceiliog
y bu ei liwiau'n enfysu'r ardd
ac yn diferu'n gynnes
dros fuarthau moel ein dyddiau.

Y ceiliog
y bu ei glochdar yn gloywi'r boreau bach
a'i alwad yn galw'r haul
i orymdaith y bryniau.

Heddiw
fe waedodd fy nhad yr enfys
a gadael yr utgorn
yn sypyn rhydlyd
ar hoel yn y cefn.

II

Heno
pluodd fy mam y ceiliog.

Tymestl ei bysedd
yn dinoethi'r llechweddau llyfn.
Corwynt ei dwylo'n
chwyrlio'r dail amryliw
    du fel nos,
    coch fel gwaed,
nes gadael dim ond hyn a hyn
o adlodd moel,
amhersonol fel lard,
llonydd fel clai
ac ambell gwilsyn glas
y bydd yn rhaid eu lloffa'n ddefosiynol
â chryman ei channwyll wêr.

III

Yfory
bydd hyd yn oed hynny wedi mynd
ac ni fydd ond sgerbwd o atgofion mud
ar ôl.

Esgyrn a gedwir i'w cnoi gan gi'r cof,
a sugnir gan gadno'r dychymyg
nes bydd cywion gloyw newydd
yn ffrwydro drwy blisgyn y gwanwyn
ac yn switian eu cân am y Dolig nesaf.

GENESIS

Yn y gwyll
    ymgryma'r gath
a llyfu ei holl ofid
oni ddôi gwrid rhudd
    i grwydro
        hyd
eithaf teth ei thafod hi.

Gwich unig
    ochenaid . . .
ynghanol y canghennau
wincia'r lleuad cŵyr
    a lledu calch
neu'n araf tywynna
fel y teifl pryf tân
oleuni ei lwynau
    wrth iddo wthio
        drwy ddail..

Ac wele,
    ias,
a thros ei thor gwlyb
pêl o flew newydd a hen
    yn palfalu'n ddall.

Tawelwch—
    dim ond deilen
        yn disgyn.

PERTHNASAU

PWY GAN HYNNY?

A dyn a aeth i waered
ac a syrthiodd ymhlith dynion;
a'r rhain a'i diosgodd ef,
    a'i gleisio ef,
    a'i adael yn hanner marw
wrth ochor y dyrpeg.

A'r offeiriad,
a'r lefiad,
a'r samariad yntau
   o'r neilltu
       a frysiodd heibio
    i daflu eu ceiniogau coch
at y lleuad
winciai
ym mhwll yr hwyaid.

Y COCATŴ COCH

Anrheg o ddyffryn Inrhan
Cocatŵ coch,
Lliw'r llwdn
A waeda'r coedydd
Bob gwanwyn ym mherllan yr eirin gwlanog
A rhyfeddod
      tafod dyn.

A gwnaethant i hwn
Fel y gwnaethant o hyd
I ieuanc
     huawdl :—
Cawell
    a'i gloi'n glep.

GENETHOD MEWN FFATRI

Wrth bentan eu peiriannau
Oes ar ôl oes
Gwyrant yn isel i wau
Edau eu horiau hir.

Pa storïau,
Pa feddyliau a ddilyn
Naid y nodwydd
Drwy feysydd y deunydd du
A hwythau efallai'n pwytho
    I wëad y lliain
Edafedd sgarled eu cariad,
Cadwyn
        eu breuddwydio cudd?

FY EWYRTH A'R DYN ARALL

Mi wn i am löwr—y mwya'n y sir—
Efo baril o frest. Ei freichiau mor hir
Gall daflu sach lo dros ei lori yn glir.

Fe hoffaf ei wylio'n rhoi'r sachau mewn trefn
A'r chwys ar ei dalcen yn dawnsio drachefn
Fel rhyw bryfed bach gloywon i lawr ei gefn.

Roedd stori o gwmpas, un tro, fod y cawr
Wedi rhwygo'n ddau ddarn yr hen Feibl Mawr
Efo'i ddwylo noeth. Ond choelia i fawr

Achos nid yw'n brolio o gwbwl. Na, Glyn
Luniodd y stori honno—ac nid yw'n syn
Ac yntau fel matsien efo'i gelwydd gwyn.

Ond ew mae o'n gry ! Fel llew coeliwch fi.
A thipyn yn od. Ni siarada â chi
Ar y ffordd. Tanio'i ffag. Rhegi. Patio'i gi.

Does ganddo ddiddordeb o gwbwl mewn sgwrs.
Ond mae F'ewyrth Ned mor hael ei wên â'i bwrs.
Pan â Modryb drws nesa—bob nos wrth gwrs—

Af i draw ato ac ar yr aelwyd lân
Mae o'n adrodd yn hir yng ngolau y tân
Am y sbrydion sy'n dod yn yr oriau mân.

Arhosaf i weithiau am awr ar ôl awr.
Cefn crwm. Coesau tenau, moel. Modfedd o'r llawr
Ni allai godi'r sach. Rhwygo'r Beibl Mawr ?

Dim peryg ! Ac eto mae'n andros o ddyn !
Mi hoffwn ryw ddydd fod fel F'ewyrth fy hun.

Ond ew ! hoffwn fod yn fawr fel efo
I gael codi a thaflu sacheidiau glo !

HEN LÖWR

Hen ŵr yn sefyll ar fin y pwll.

Hen ŵr efo llygaid llwch.

Hen ŵr
a dramiau ei atgofion wedi mynd ers tro
i lawr rheiliau cam ei gof.

Hen ŵr ar fin y pwll.

YR HEN ŴR A'I GASEG

Anodd
a'i fegin mor fregus
yw gweithio'r cryman
er bod yr heulwen
yn drochion
dros stwbwl y fynwent,
ond cyn i'r cymylau duon
ddod â glaw i'r gwair
a llwch i'r pridd
rhaid brysio
i'w dorri a'i gario adre
i nerthu coesau
yr ebol simsan sy'n tasgu
yn y weirglodd wlithog
tu ôl i amrant stalwyn yr hendre
pan glyw'r hen ŵr a'i gaseg
yn mynd linc-di-lonc
        tua'r fynwent.

F'EWYRTH

"Ceffyl o ddyn," meddai rhywun,
"Pedair llaw ar bymtheg o daldra, myn diawl."
Pencampwr yr arad, cybydd, meddyg 'ffylau,
Echel holl siarad gwag cymdogion,
Marchogai f'ewyrth yr ardal frwynog gyfan
Ar ei ben ei hun am bedwar ugain mlynedd.
A'i goroesi i gyd.
Di-ysgol ac anllythrennog ; cynnyrch y daten fain ;
Prynodd ei siwt orau gynta â chwningod
A faglodd tu draw i'r llyn.
Llywiai wedd o stalwyni broc yn ddeg.
Dyn yn bymtheg.

O led braich ddiogel edmygai'r plwyf swrth
Ei gampau gan ofni'r onestrwydd dur, y llygaid oer :
Pladuro y Ddôl Wleb drwy gydol nos ddi-seren,
Codi magl dros ei sgwyddau noeth,
Trin stalwyni fel cathod bach a gyrru gyr
O deirw ifainc twym i'r ffair ei hun.
Ar wahân i offeiriaid busneslyd, di-gyfaill
A di-wraig drwy'i oes. Bedyddiodd
Y ddau geffyl gwinau'n Jac a Dan
Heb falio dim ond bod ei hen gi defaid cloff
Wrth law i rannu mawnog ddofn ei galon
Yn nosweithiau'r gaeaf hir.

"Sythodd dri o blismyn," rhyfeddai rhai,
"Yng ngwylnos Padi Rydd !"
Yna, fel y paratôi offeiriad a thwrne
I rannu ei arian

Arhosodd y plwyf i gyd ar bigau drain gorfoledd
Am y gamp olaf, pan, mor unig yn y diwedd ag erioed
Erlidiodd offeiriad a meddyg o'i wely marw
Gan alw'n unig ar y gwas
I ddod â'r 'ffylau at y ffenest
Fel y gallai ef eu gweld.

PORTHMON

I Meath y glaswelltyn
   O lethrau y lli
Trwy Leitrim a Longford
   Â'm gwartheg a mi.

Mi wn yn y t'wyllwch
   Anadliad fy lloi ;
Sibrydaf bob adwy
   I'w gadael heb droi.

Tros lwybrau du tywyll
   Y fawnog a'r waun
A'm meddwl yn crwydro
   At ferch Brenin Sbaen.

Chwi filwyr—wŷr cochion—
　Sy'n teithio y byd
Rhaid ichi droi allan
　Yn ddeuoedd, yn fud.

Chwi ffermwyr sy'n feddw
　Ar gwrw y ffair
Rhaid ichi droi adre
　At fwystfil a gwair.

Tyrfaoedd y farchnad,
　Y teirw yn ddall,
Y rhuo a'r gweiddi—
　Y gwanwyn heb ball.

O ddynion y fargen
　Fel diffodd hen dân
Distawaf eich cryfaf
　Â ffrewyll fy nghân.

Fe'ch gyrraf, fy ngwartheg,
　A'ch carnau yn fud
Dros dyweirch na threisiwyd
　Er tatws nac ŷd.

Fe'ch gyrraf, fe'ch gyrraf
　I laswellt at lin.
Ond cofiwch y byrwellt
　Gan heli yn grin.

YR HEN WRAIG

Yn unig yn y glaw a'r gwynt
   Fel llong a'i hwyliau ynghyd
Â'r wreigan wirion ar ei hynt
   Dros fannau tal ei byd.

Ei gwallt yn llwyd, ei thrwyn yn gam,
   Dros fryniau'r machlud â
Gan chwifio'i ffon, hen ffon ei mam,
   At felin ac at dda.

Yn wên i gyd fe groesa'r nant
   Tu hwnt i fawl a sen
Yn llawen efo cwmni'i phlant
   Sy'n canu yn ei phen.

MODRYB BLOD

Roedd Modryb Blod yn daclus—
   Prydlondeb oedd ei Duw !
Pob peth yn lân a threfnus—
   Dyna'r unig ffordd i fyw.

Ac wedi iddi ddeall
   Na chodai f'ewyrth mwy
Fe aeth â'i chot i'w llifo
   A gwerthodd hi y ddwy

Iâr goch a'r ŵydd a gadwent
   I brynu silc i'w wau
Yn siôl du, parchus, taclus
   I'w wisgo, ddydd ei gwae.

"Cynhebrwng parchus, parchus",
  Ddisgynnai ar bob clyw,
"Roedd popeth, wir yn deilwng
  O'r marw ac o'r byw".

Diwrnod am hir i'w gofio,
  Er hyn anghofia' i fyth
Fy modryb wrth ei wely
  Yn gweu y rhesi syth.

Fy modryb wrthi'n brysur :
  Amser a silc dros ben
A dau hen lygad gwelw
  Yn gwylio'r ddwy law wen.

Ceir du a blodau lliwgar :
  Anghofiaf hwy i gyd
Ond nid y wyneb rhychiog
  Droes tua'r wal yn fud.

GWRAIG Y TINCER

Cyn canu'r ceiliog cyntaf,
  Dim sŵn yn hogi'r wlad,
Heb siglo'r gwlith, yn ysgafn
  Gadawodd ddrws ei thad.

Yn garpiog dros y mynydd
  Fe ddaeth y bore glas,
A chwythodd chwa o'r dwyrain
  Y seren ola mas.

Roedd gan ei thad ddau geffyl,
   Dwsin o wartheg du,
Defaid ar ddeuddeg cyfair
   A llechi ar ei dŷ.

Ond llithrodd gyda'r seren
   O'r lle bu dechrau'i thaith
I grwydro gyda'r tincer
   Dros eangderau maith.

Ei wallt yn d'wyll a chyrliog,
   Ei lygaid du'n ddi-ofn
A thynnai'i gân yr hoelion
   O ddrysau Uffern ddofn.

Yn ffair Cahîr fe'i gwelodd
   A hithau'n mynd sha thre :
Fe ddenai cân ei dafod
   Ehedydd llwyd o'r ne.

Parlyswyd brys ei chamre
   A throes yn ddelw wen ;
Fe wnaeth e ffrwyn o'i ganu
   A'i thaflu am ei phen.

Gadawodd wres yr aelwyd,
   Y tŷ a'r llechi llwyd,
A'i holl feddyliau'n gwibio
   Fel pysgod gwyrdd mewn rhwyd.

I gerdded llwybrau unig,
   I fyny ac i lawr,
Drwy gorsydd bychain tawel,
   Drwy drefi swnllyd mawr.

Weithiau fe gâi eistedd
   Tu ôl i'r asyn llwyd.
Fe ddysgodd iaith y tincer;
   Dysgodd gardota'i bwyd.

"Oerach na gwynt y meirwon
   Yw tŷ yr estron glew.
Does groeso, fyth, i dincer
   Ar riniog siopwr tew.

Mae cegin ffermwr cefnog
   Mor llwm â'r fawnog ddu,
Ond yn nhyddynnod Kerry
   Fe gawn ni ddistiau'r tŷ."

Fe dorrodd gardiau llawen,
   Darllenodd ddwylo syn;
Gwelodd wynebau'n gloywi,
   Gwefusau'n glynu'n dynn.

"Daw dyn mor ddu â'r fawnog
   I'ch priodi chi ryw ddydd;
Daw arian dros y moroedd;
   Mae aur o dan y gwlydd.

Bydd ganddo drol a thyddyn,
    Cewch fyw mor grand â'r Pab
Eich merch yn byw yn Nulyn,
    Offeiriad fydd eich mab."

Ymlaen, ymlaen yr aethant :
    Y wraig fel delw wen,
Yr asyn fel tae'n feddw,
    Y tincer wrth ei ben.

Fe fagwyd llond y caeau
    O fulod mawr a mân
Ond ni roes blantos iddo
    I ddysgu geiriau'i gân.

Ni roes un plentyn iddo
    I ddeffro'i freuddwyd gron
Ond gwyddai am y newyn
    A fagai yn ei fron.

Fe glywodd gri'r dylluan ;
    Y gwynt fel cyllell lefn ;
A gwibiai'r tŷ to llechi
    I'w meddwl hi drachefn.

Fe deimlodd hi'r glawogydd
    A'u dannedd miniog oer.
Blinodd—a throes i farw
    Dan siôl ddi-wlân y lloer.

Fe dorrwyd bedd bach unig
   Ar fin y fawnog ddu
A throes y tincer yntau
   I syllu ar lle bu.

"Hi oedd y lodes ore,
   Blodeuyn daear lawr !
Ond ni roes blentyn imi—
   Mor unig wyf fi'n awr.

Ni roes un plentyn imi—
   Sgafnach yw rhannu bai.
Hwyrach ei bod hi'n llonnach
   A hithau dan y clai."

Drachtiodd llond bol o gwrw,
   Bendithio'r Forwyn Fair,
A throi yn ôl i Cahîr
   I ganu yn y ffair.

TU ALLAN I'R YSBYTY, GOBOWEN

Neithiwr,
deuthum drwy'r tws-lli pinc
lle bu llafn
awelon Ebrill yn llifio'r blagur cynnar
at y dafarn
lle roedd pawb yn chwil
        gan boen

ac oedais ennyd
cyn gosod eilwaith
wrth fy ngenau dail
fy nghwpan gwin
a sathru'n simsan yn fy mlaen
drwy'r tws-lli pinc.

TU ALLAN I'R BEDOL

Wrth ymyl drws y Bedol
Eistedda Wil y Crud—
Wil Crud y morwr meddw
A'i lyncu yn chwedlonol
Ym mhorthladdoedd dua'r byd.
Wil Crud yn ôl y twrw
Gartre'n ddiogel, mwy na heb,
Er bod craith newydd ar ei wyneb
O'i arlais i gliced ei ên
A bod un o'i glustiau yn ôl y sôn
Ymhell o dan y 'Spanish Main'.
Wil Crud a ŵyr pob ymchwydd gref
O bentir Môn
I'r trofannau pell a'r Caribi
Lle fyth ni welwn ni mae'n siŵr
Oleuni fel y gwelodd ef
Ar ganol nos yn gloywi'r dŵr.
Ni foriwn chwaith o gylch yr Horn,
Na rhegi'r gwin yn Rio,
Na meddwi'n gorn
A'r mastiau praff fel gwellt
Y snapio
Dan fwledi'r mellt.

A byth ni thaflwn linyn main
I ddal y pysgod pigog swil
Sy'n hercio'n dywyll lle nid oes
Awel i dynnu'r tonnau'n groes.

"Un tro gwelais sarff fawr yr eigion (medd Wil)
A ninne ar goll ar y môr.
Roedd hi'n dewach na'r deuddeg hwch focha
Erstalwm a fagai fy nain.
Llygaid o fflamau uffern ; ffroenau draig—
Peint arall ! Brysia ! . . . Brysia !
Ei chynffon ar hanner ei hagor
Yn hirach na strydoedd Caerdydd.
A'i cheg . . . Oho . . . ei cheg ! Dwy waith cymaint
 cheg yr hen wraig.
Welais ddim tebyg i hynny o'r blaen !
Dilynai'r llong, bob nos, bob dydd
Fel poen wrth ddaint
Yn barod i lyncu unrhyw un
Âi'n rhy glos at fin y rêl—
Dyna lle collodd Huw Jôs, Dinllaen
Ei gap a'i goes—hyd at y glun—
Ac ynte wrthi'n fwyn fel mêl
Yn nyrsio potel yn ei gôl".

Fel hyn, fin nos wrth y Bedol
Siaradai Wil y Crud,
A'i lygaid dyfrllyd yn gwylio
Y cychod o'r harbwr distaw
Yn diflannu tros ymyl y byd.

"Rydw inna'n morio eto
Y penllanw nesa a ddaw".

Ond ni welwn ni fyth mo'r Môr Tawel
Na'r machlud ar erddi y lli.
Ni welwn ni'r pysgod hedegog yn dod
A'u dal yn ein dwylo noeth.
Ni rwymwn, rôl noson o storm, ein cychod
Ym mhorthladd y wawr. A phan fo'r sêr yn boeth
Uwch y Caribi
Ni chusanwn ni'r merched pryd tywyll, lliw cnau.

—Ni sydd â'n gwreiddiau i gyd yn ddiogel
Wrth angor yng nghysgod y bae.

Y TRÊN DU

Myfi yw y gyrrwr meddw

Gwynnach fy wyneb
nag esgyrn di-enw y môr.

Cochach fy llygaid
na ffaglau ffwrneisiau Annwfn.

Duach fy ngwên
na phridd dyfna'r fynwent.

Ond llawn yw fy nhrên
yn rhuthro dros reiliau Amser,
drwy gaeau Bod
    ddydd ar ôl dydd
        ddydd ar ôl dydd
            ddydd ar ôl dydd
nes arafa wrth y platfform gwyrdd
ac y daw pawb
yn ei dro
asgwrn wrth asgwrn i ffwrdd
    ac ni ddaw yn ôl
      ni ddaw yn ôl
        ni ddaw yn
          ni ddaw
            ni
              n

Y CYW

Wy
yn deor ar dywod
yn araf
a'i blisgyn arian
yn feichiog o fyw awchus.

Cnocio
    curo
ac yna'r cyw yn rhoi cam
    a
        llam
dros dywod simsan y lloer.

GLYWSOCH CHI?

YR ARBRAWF

Erstalwm darllenais yn llyfr fy nain
Am olud a chamel a nodwydd fain.

Felly, er mwyn i mi brofi'r gair
Fe brynais i nodwydd am swllt a thair.

Ac yna ces gamel, ail law, wrth gwrs,
I'w bwyso a'i fesur wrth ŵr y pwrs.

Aeth hwnnw, (a oedd, er na ddylwn sôn
Yn weinidog parchus o berfedd Môn)

At ddrws y nefoedd a churo yn hy.
Atebodd Pedr, "Mm, mae mewn gwyn a du

'R â camel drwy nodwydd os yw'n ddi-bwn
Yn gynt nag y croesi di'r rhiniog hwn."

Minnau i helpu'r hen gamel, myn brain,
Osodais damed o bastai fy nain

Tu ôl i'r nodwydd a daeth trwyddi'n iach
Ar ôl iddo duchan am chydig bach.

A'r gŵr goludog wedi drysu'n lân
A grafodd ei ben a dweud, "Uffern Dân."

Y LLYGODEN A'R DDERWEN

Pan losgai'r ysfa yn nhân ei mêr
Bu'n cnoi a chnoi er glaw a gwynt ;
Gorffwyso wedyn dan y sêr
Nes âi'r diogi ar ei hynt.

Nid âi i hela ar hyd y fro
Ymhlith y llygod eraill chwaith :
Yn falwen araf, styfnig, dro
Dechreuai eto ar ei gwaith.

Ond wedi cnoi a chnoi i'r llawr
Ni chafodd yno dan ei thraed
Na bara brith na bara lawr
Na dim i nerthu cnawd a gwaed.

Ond fry ! Yn nho y goedwig brudd
Yr haul yn awr fel seren gron :
"Mi gnôf i'r t'wyllwch hwn yn ddydd.
A dyma dderwen newydd sbon."

"CYMRAEG BYW"

Dyma fachgen.
Dyma ferch.

Mae ci gan y bachgen.
Mae cath gan y ferch.

Beth ydyw lliw y ci·?
Beth ydy lliw y gath ?

Mae'r bachgen a'r ferch yn chwarae pêl.

Ble mae'r bêl yn mynd?

Ble mae'r bachgen wedi ei
    gladdu?
Ble mae'r ferch wedi ei
    chladdu?

Darllenwch
a chyfieithwch
i bob distawrwydd ac i bob iaith.

Ysgrifennwch
lle rydych chi
wedi eich claddu.

DEIO BACH

Un diwrnod pan oedd Deio bach
Yn chwarae yn yr awyr iach
Digwyddodd grwydro mhell o dre
A draw ar gornel gwelodd e
Yn sefyll fel rhyw Dalek mawr
Focs llythyrau disglair, coch. 'Nawr
Roedd ei ddrws ar agor gan fod
Y postmon wrthi draw yn dod—
I'r sach lythyrau yn ei fan.
Edrychodd Deio gan chwiban—
U i mewn a dweud, "Ew rwy'n siŵr
Y byddai'n hwyl, os peidia'r gŵr
Â'm gweld, i guddio ynddo dro
A chodi dychryn arno fo."
Ar hynny neidiodd ef yn hy
I ganol y tywyllwch du.

Daeth y postmon, ond, gan fod te
A bisgedi'n ei aros e
I lawr yn y swyddfa rhoes hwrdd
I'r drws. Ac yn ei fan i ffwrdd
Ag ef gan adael Deio dru-
An yno yn ei garchar du.
"Help, Mr. Postman", gwaeddodd Dai
Ar ucha'i lais, "O Help ! Help ! Ffai—
Ar!" Ond roedd hwnnw'n siŵr i chi
Bellach yn gwylio ras ' T.V.'
A mwynhau mygyn efo'i de.
Meddyliodd Deio'n awr, ' O be
Wna i ? Mae hi mor 'dwyll â thu
Mewn buwch ! ' Ac er ei fod yn hy
Roedd wedi dechrau magu braw.
Felly troes Deio bach ei law—
Neu'i lais—at gadw'r sbrydion draw
A dechrau arni nerth ei ben
I ganu am y Garreg Wen,
Am Godiad Hedydd, Mentra Gwen,
Hiraeth, Hiraeth ac mewn llais main
Dwy bennill fwyn am ffon ei nain.
A phan ddaeth rheini oll i ben
Ail-ddechrau ar y Garreg Wen
A pherlau'r Llyfr Emynau New-
Ydd ganodd ef yn ddewr fel llew.

A phwy âi heibio ar y gair
Ond Mrs. Jones Tŷ'r Ysgol a Miss Mair
Lettington-Davies, merch y Mans
Meddai honno yn grand "*I fanc-*

Y imi glywed *hymn neu song*—
Ond cofiwch chi *I might be wrong*—
Yn dod *from there*, o'r *pillar* bocs."
Gwrandawodd Mrs. Jones a thoc
Sgydwodd ei phen a dweud yn syn,
"Wel, 'rych chi'n iawn ! Peth od yw hyn !
Chlywais i rioed, erioed drwy f'oes
Focs yn canu am Graig yr Oes-
Oedd." " *'Pon my soul* mae'n rhaid i chi
Mai *fairies off* y *Christmas Tree*
Sy yn y bocs yn *carolling*.
Tybed wna nhw for a *shilling*
Ganu *some more* ?" Ac ar y gair
O'i phwrs fe wthiodd Miss Mair
Lettington hyphen ac yn y blaen
Swlltyn i lawr y bocs.
                        "Ymlaen,
Ymlaen i'r gad," nes deffro'r fro
Crochlefodd Dei. Tro Mrs. Jo—
Nes Tŷ'r Ysgol oedd hi yn awr
I wthio pres yn syth i lawr
I grombil dwfn y peiriant mawr.
'Rôl aros yno'n gwrando'n fud
Fe aeth y ddwy i lawr y stryd
Gan ddweud wrth bawb—yn ôl eu trefn—
Am ddyfod gyda hwy drachefn
I glywed bocs yn canu cân.

A thoc roedd tyrfa, mawr a mân,
Yn syllu'n geg agored syn
O gylch y bocs. "Peth od yw hyn,"

"Wel, ar fy llw," "Myn brain beth nes-
A tybed ?—bocs y post am bres
Yn canu tôn !" A chyn pen dim
Roedd cawod o geiniogau chwim
Ar ben 'rhen Dei yn dod i lawr
A chododd yntau'i lais fel cawr
I ganu popeth ddysgodd rioed.
Roedd rhai yn ofnus ond roedd mwy
Yn methu coelio'u clustiau. "Pwy
Glywodd," medd un wreigan ffri,
"Am beth mor od—er cofiwch chi
Nid yw mor fwyn â Wili ni."

Yn wir, yr oedd pob un yn lân
Yn methu deall sut dôi cân
O ganol bocs llythyrau coch,
Ac ar fy llw, am chwech o'r gloch
Roedd cannoedd yno'n gwrando'n fud.
Yna fel un aeth pawb i'w tŷ—
Doedd diben aros fel hanner call
I glywed bocs pan oedd y llall
I'w weld a'i glywed wrth y tân.

Roedd Dei'n rhy gryg i ganu cân.
Gwaeddodd yn uchel "Help !" ond O !
Doedd neb yn gwrando arno fo.
Fe aeth ei nyth yn dywyll iawn
Ac meddai'n isel, "O na chawn
Fynd at fy nhad a mam yn ôl.
Wna i byth eto beth mor ffôl !
Rwy'n teimlo'n awr fel gwiwer lwyd
A glowyd yn ei chwpwrdd bwyd !"

Yna fe glywodd, tua'r naw,
Sŵn fan yn stopio'n stond gerllaw.
Mewn chwinciad chwannen roedd y drws
Wedi'i agor ac heb ddim ffws
Pan gafodd gefn y postman, ffoes
Mor gyflym ag y cariai'i goes-
Au ef. Mhen chwarter awr neu hwyr-
Ach lai, daeth, wedi blino'n llwyr,
At ddrws ei dŷ. Gwenodd ei fam
O weled adre yn ddi-nam
Ei hannwyl fab yn berffaith saff.
Er sôn o'i dad am brynu rhaff
I'w gadw o'i grwydriadau ffôl
Roedd yntau'n falch o'i gael yn ôl
Ac roedd ei lygaid ef yn llawn
O ddagrau mawr ond nid mor llawn
Â phoced Dai. "Dad fe ges
I ddau lond cap a mwy o bres
Am ganu carol ganol ha." "Ha,"
Mi wn y talai'r hen Sol-ffa
A ddysgais iti", meddai'i dad
Gan chwyddo'i frest. "Reit te nawr gad
I ni gael dy stori i gyd !"
Gwrandawsant arno yno'n fud
Yn dweud yr hanes, fel yr aeth
I mewn i'r bocs, ei ddal yn gaeth
Ac fel y canodd ef drwy'r pnawn
Am arian gloywon debyg iawn
Nes ennill ffortiwn fechan ddêl
A'i cadwai'n ddiddig iawn am sbel.
"Wel", meddai'i fam, " 'rhen Deio bach

Mae'n amser nawr i hogiau iach
Droi tua'r gwely neu ar fy llw
Ni chodi'n fore fory !" "W-
El, nos da felly", meddai'n hy
A thoc roedd yn ei focs bach plu
Yn ail-freuddwydio fel y bu
Yn canu carol ganol haf
O berfedd bocs llythyrau braf.

BEDDARGRAFF

Yma, gorweddaf, William Puw :
   Bendithia fy enaid Arglwydd Dduw
Fel y gwnawn i 'tawn i yn Dduw
   A thi dy hun oedd William Puw.

ENGLYNION BEDDAU

Piau'r beddau ym Mryn Esgid ?
   Gwŷr parod i ymlid—
Y Jamses a'r Daltons a'u brid.

Piau y bedd da ei gystlwn
   Dan gysgod y salŵn ?
Bedd Frank, brawd Jesse James, hwn.

Bedd Bonanza tad awen
   A'i dri mab dan yr ywen.
Yn Twmstôn bedd Gabby Hen.

Y bedd a wlych y dingo?
Bedd Jim Hardy, Wells Fargoe.

Bedd Roy Rogers sydd yma,
   Ni chiliai o ymladdfa.
Onid hwn yw bedd Trigga?

Piau y bedd yn yr allt draw?
   Gelyn i lawer ei law—
Tarw trin, Sitting Cow.

Piau y bedd dan y grocbren gam?
   Gŵr parod ei wn a'i lam—
Hwn yw bedd Cassidy Coesgam.

Piau y bedd yn Rhyd Maen Cêd?
   Ai bedd Tom Dŵli tybed
A'i ben i oriwaered?

CYFAILL

Piau'r bedd fry uwchben
Yn ebrwydd hollti'r wybren?
   Pero puraf yn y nen.

Er ein mwyn y mae'n rhoi tro—
Pe gwyddai'r boen amdano
   Duw o'i fedd fe neidiai fo.

CYDNABOD

Dymunir diolch i olygyddion y cyhoeddiadau canlynol am ganiatâd i gyhoeddi cerddi a ymddangosodd gyntaf yn *Barn, Cerddi '71, Poetry Wales, Taliesin, Y Traethodydd*. Hefyd i Bernard Evans, Caerdydd am ddefnyddio nifer o'r darnau ar y rhaglen ' Dwedwch Chi '.

Yn olaf, diolchir i'r beirdd a'r cyhoeddwyr canlynol am ganiatâd i gyfieithu a chyfaddasu rhai cerddi :

Leonard Clark ar ran y diweddar Andrew Young am ' Aderyn Du Gwyn '—' White Blackbird' allan o Collected Poems of Andrew Young ;
Collier-MacMillan am ' Y Llygoden a'r Dderwen '—' The Mouse that Gnawed the Oak Tree Down ' gan Vachell Lindsey ;
Mrs. Padraic Colum am ' Porthmon '—' A Drover' gan Padraic Colum ;
Cymdeithas yr Awduron, Llundain am ' Yr Hen Wraig '—' Old Woman '—a ' Y Goeden Afalau '—' The Apple Tree '—allan o Collected Poems of James Stephens ;
Gwen Dunn am ' Mynd yn ôl '—' I Went Back ' ;
Faber a Faber am ' Malwen y Nos '—' The Snail of the Moon ' allan o ' The Earth Owl ' gan Ted Hughes ;
Hamish Hamilton am ' Y Rhaeadr '—' Waterfall ' gan Charles Molin ;
Harper and Row am ' Tu Allan i'r Bedol '—' At the Plough and Anchor ' allan o ' Harvest of Youth ' gan Edward Davison ;
James Kirkup am ' Y Gath Wen '—' The Bird Fancier ' allan o ' Refusal to Conform ' ;
Laurie Lee am ' Nos Galan '—' o ' Christmas Landscape ' allan o ' Bloom of Candles ', John Lehman Ltd. ;
Denise Levertov am ' Datguddiad '—' The Disclosure ' allan o ' Taste and See ' a ' Y Glöyn Marw ' allan o ' With Eyes at the Back of our Heads ', New Directions Pub. Corp. ;
Tom McGurk am ' F'Ewyrth '—' Big Ned ' ;
MacMillan am ' Gwraig y Tincer '—' The Tinker's Wife ' allan o ' Ballads of a Bogman ' gan Siegerson Clifford.
Christian Morgenstern am ' Yr Arbrawf ' allan o ' Gallows Songs ' gan Wasg Prifysgol California ;
Anne Pennington, Rhydychen am ei chyfieithiadau o ' Ceffyl '—' Konj ' —' Mul '—' Magarac '—' Hwyaden '—' Patka ' a ' Stori Stori '—Prica o jednoj prici ' gan Vasko Popa ;
James Reeves am ' Deio Bach '—allan o ' Jackie Thimble ' ;
Mrs. Theodre Roethke am ' Slumyn '—' The Bat ' allan o 'Words for the Wind ' gan Theodre Roethke a ' Y Llygoden Fach '—allan o ' Meadow Mouse ' gan Theodre Roethke ;
Carl Sandburg am ' Môr Ifanc '—' Young Sea ' allan o ' Chicago Poems ' a ' Rhifyddeg '—' Arithmetic ' allan o ' Collected Poems ' gan Carl Sandburg ;
Vernon Scannell am ' Y Ci Bach Gwyn '—' Dead Dog ;
Hal Summers am ' Yr Achub '—' The Rescue ' ;
Mrs. A. M. Walsh am ' Afal '—' I've Got an Apple Ready ' allan o ' Roundabout by the Sea ' gan John Walsh.

Gwnaethpwyd pob ymgais i ddod i gysylltiad â'r uchod i gyd ond yn anffodus ni fu'n bosibl ymhob achos.